サハマンション

チョ・ナムジュ

斎藤真理子　訳

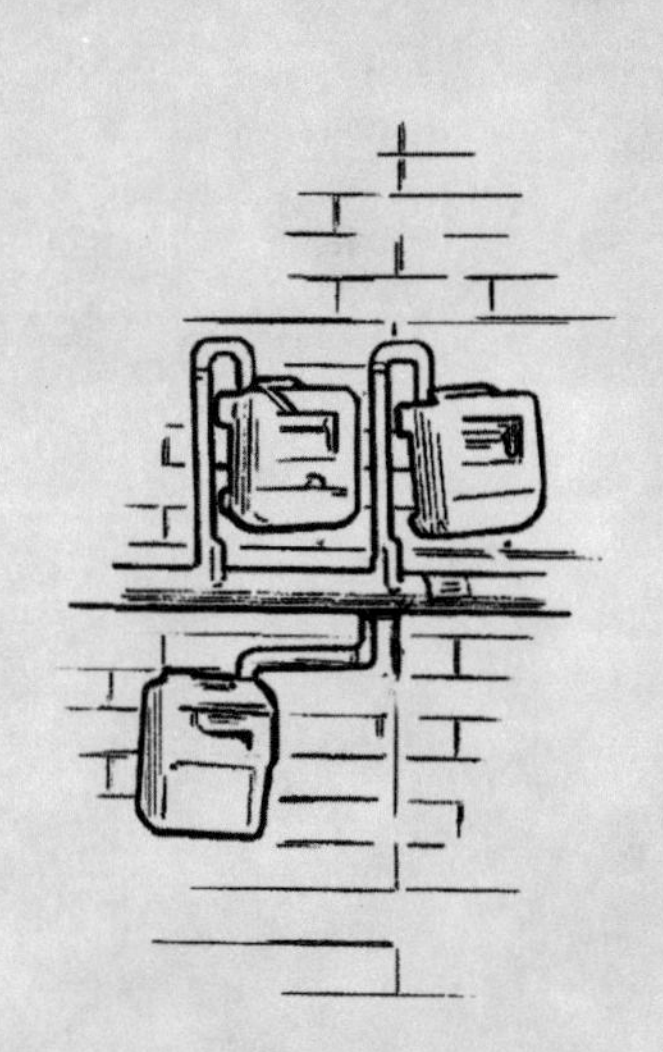

サハマンション　目次

사하맨션 (SAHA MANSION)
by 조남주 (Cho Nam-joo)

This book is published under the support of
Literature Translation Institute of Korea (LTI Korea).

本書は、韓国文学翻訳院の助成を受けて刊行されました。

サハマンション

装丁　名久井直子
装画　サヌキナオヤ

姉弟

トギョンはうとうとしてはハッと飛び起き、また寝入っては飛び起きることをくり返していた。スーの手がそっと離れていったときも目が覚めたし、小動物の軽い足音にも目が覚めた。覚めるや否や眠気が襲ってきた。砂粒のようにこぼれ出ていく短い夢をひっきりなしに見た。夢なのか覚めているのか、もう死んでいるのかもよくわからない。そんなふうに我を忘れようとしてもがき、我に返ろうとしてまたもがいた。

夜が更けていった。更けて、更けて、もう朝までいくらもないというころ、トギョンの食道を伝って何かがぐっとこみ上げてきた。その瞬間口の中に苦い水があふれ、鼻へ上り、鼻孔からぽたぽた落ちた。片手で口をふさぎ、もう片方の手で手探りをして車のドアを開け放ち、頬が破裂するかと思うほど口いっぱいにたまった液体を吐き出した。苦い苦い吐瀉物が際限なく流れ出た。地面がどろどろになるまで吐いても、吐き気は止まらなかった。自分で自分の胸をたたいてようやく嘔吐はおさまったが、こんどはみぞおちから食道沿いに、炎がのどまで上ってくるようだった。

口、鼻、目からねばつく臭い分泌物が流れ出るにまかせ、トギョンはのどを押さえてスーの方を振り向いた。スーは少しの乱れもなくまっすぐに横たわっていた。白いのを通り越して青みを帯びた肌、おとなしく組んだ手、ぎこちない微笑。トギョンは蠟人形のようなスーの胸に用心深く手をのせてみた。心臓は打っていなかった。鼻の下に指を当ててみたが、呼吸も感じられなかった。

遠くから、車のヘッドライトが下向きに長い光を放ちながら近づいてきた。白い光がゆらめいて朱色に変わり、また白く変わる。ぼんやりと広がったライトが木の影を大きく映し出す。細くて長い指のようでもあり、孤独な動物の古い角のようでもあるその影は、徐々に魂が宿っていくかのように徐々に小さく、濃くなっていった。輪郭がはっきりしてきたその影にぼんやりと見入っていたトギョンは、その瞬間はっと気づいた。影が鮮明になってくる。ライトが近づいている。誰かが接近しつつある。

人影も稀な公園の簡易駐車場、一台きりの斜めに停めた高級車、その中の、死んだのか眠っているのかわからない女。誰が見ても不審な光景だ。トギョンの頭に一瞬、薄紙に火がついたように判断が走り、逃げなくてはと強く思ったが、体は車から離れることができなかった。トギョンはスーにむかって手を差し伸べてから、すぐにぎくっとして手を引っ込めた。連れていくこともできず、置いていくこともできない。トギョンはドアロックをかけてから降りた後、ドアハンドルを引いてドアが開かないことを確認した。自分とは全く違う何か。スーはガラス管の中の人形のように、幻想のように乱れのない姿で横たわっており、もはやトギョンにも近づくことができなかった。

上はもう車道のない急坂、下はけわしい下り坂で、どちらもまともに整備されていなかった。上り坂にはさまざまな大きさの岩や木の枝、地上に露出した木の根などがぐちゃぐちゃと入り乱れ、下り坂は、雨の降らない日も深いくぼみがじとじと湿って滑る泥道だ。トギョンは下り坂を選んだ。すぐに両足に速度がついた。

故障した街灯がじりじりするような音を立てて点滅していた。足にまかせて夢中で走っていたトギョンは、一台の乗用車がパァアアンとクラクションを長く鳴らしながら通り過ぎてようやく、自分が四車線道路の真ん中に立っていることに気づいた。大きく頭をめぐらせ、視線の届く先まで確認した後、すばやく大道路を横切った。車道を抜けて歩道に上がると足の力が抜けた。ぺったりひざまずくと座り込んでしまった。

ごつごつした舗石が右膝を引っかき、薄いコットンパンツが破れて肌がすりむけた。アイボリーカラーのパンツに真っ赤な血が広がる。トギョンは両手で膝を押さえ、手の甲に額を当てて顔を伏せた。しばらくして顔を上げて、手を離すと、破れたパンツの糸くずが傷口に貼りついていた。それを用心深くつまみ取ろうとするとこびりついた血のかたまりが一緒にはがれ、またむくむくと鮮血が凝集してきた。奥歯をぎゅっとくいしばっても、うめき声が漏れてきた。

トギョンはそのときやっとスーのことを思い浮かべた。首筋に触れたスーの熱い、乾いた唇。細かい鳥肌の立った首筋を手のひらで撫でながら、道の向かいにある公園の方を見た。まだあそこにいるのか。狭く険しい細道を苦労して上ってみても何もないし人もいない。むしろそれがよくてしょっちゅう行っていた公園だ。トギョンはそこにスーを捨てて逃げた。

＊

スーパーの清掃だと聞いていた。なぜいちばんお客の多い土曜日に清掃をするのだろうと思ったら、閉店した店舗だった。再契約の問題がこじれて急に閉店したのだという。もともと清潔ではなかった上に、中身が入ったままの冷蔵庫と冷凍庫の電源が切られてしまっている。野菜と果物は全部腐って崩れ落ち、牛乳も腐敗して、破裂した紙パックから四方に飛び散っている。腐った肉の匂いは何とも形容しがたいものだった。かび、ありとあらゆる虫ども、汚水でいっぱいの床。作業に追加投入されたスタッフの一人が、スーパーに入るや否や嘔吐した。

仕事は夜遅く終わった。チームリーダーとジンギョンが最後まで残って仕上げ作業をし、チームリーダーは超過勤務手当だと言って封筒を一枚くれた。そして、倉庫を片づけるときに別にしておいたペットボトル飲料を大きなビニール袋いっぱいに入れた。きれいなものだし、賞味期限もまだまだだし、ふたもきっちり閉まっているし、自分ももらっていくのだから持っていけと、熱心にジンギョンに勧めた。

「私もジンギョンさんぐらいの年ごろにはこんなことできなかった。でも、これは恥ずかしいことじゃないよ。これだって稼ぎなんだ。稼ぎなさい。死ぬ気で稼いで、それでL2にでもなれたらいいことじゃないか。とにかくこれは持ってって飲んで」

タウンには、「L」と「L2」の二種類の人間がいる。住民権であるLを持つ人々はL、または住民と呼ばれていた。一定レベル以上の経済力と、タウンが必要とする専門知識もしくは技術を持った者たちだ。未成年者は住民の子女であるか、住民である法定後見人が保証する場合にのみ住民と認められる。

住民資格がなくても、犯罪歴がなく、簡単な資格審査と健康診断を通過すればL2在留権がもらえる。彼らはその在留権の名称をとって「L2」と呼ばれ、二年間タウンで暮らすことができる。それだけだ。とりあえず二年は追い出される心配なく仕事につけるが、L2を採用する職場のほとんどは建設現場、物流倉庫、清掃業など、骨の折れる労働で報酬の少ないところだ。二年の在留期限が切れた後もタウンに残りたければ、また審査を受けて在留権を延長しなくてはならない。

L2のほとんどは、住民資格を持たないが生まれ故郷を離れることもできず、二年ごとに屈辱的な資格審査と健康診断を受けて在留権を延長しながらタウンにとどまっている地元民と、そんなL2が育てる気もないのに産んだ子どもたちだった。そしてジンギョンは、L2でさえなかった。「サハ」と呼ばれていた。LでもL2でもない、何者でもない、まともな名前もない者たち。サハマンションの住民だから「サハ」なのだと思っていたが、サハマンションに住んでいなくても「サハ」と言われた。お前たちはせいぜいここまでだと言われているかのようだった。

「でも、飲む人もいないから……」

ジンギョンは、もういない、いなくなったと打ち明けることもできない人たちについて考えた。弟トギョンの姿を二日間見ていなかった。

マンションの入り口でジンギョンは、A棟の七階の廊下からトギョンの部屋、玄関のドア、台所の窓へと視線を絞っていった。わざとそうして出ていったかのように、すべての窓が完璧に真っ暗だった。一日の疲労が、手足の痛みが、両手に下げた荷物の重さがいっぺんに押し寄せてきた。飲み物の重さに耐えかねたビニール袋の持ち手が細く伸び、ぐるぐる巻きになって指に食い込んだ。

そのとき、右手に持っていたビニール袋がぱんと弾けてペットボトルがどっと飛び出し、庭の方へとごろごろ転がっていった。あたふたと身をかがめて拾おうとすると、こんどは左手の袋を取り落とした。袋からはジュースのボトルがすっかり飛び出して庭に転がり、それをつかもうとしてまた拾ったものを落とす。ジンギョンは両手とも手ぶらのままで呆然と立ち、すばやく逃げていくペットボトルを見ているばかりだった。地面に落ちていた破れたビニール袋が夜風に乗ってふわりと浮いた。

管理室のドアがきいっと音を立ててゆっくり開いた。

「どうしたんだ、それぐらいのことでぼーっとして？」

じいさまは、破れなかったビニール袋を拾ってぶらぶらと歩いていくと、ペットボトルを一本ずつ拾って入れた。袋がいっぱいになると服のポケット全部にボトルを突っ込み、両脇にもはさみ、両手にも一本ずつ持った。そして管理室の方へ戻ってくるとジンギョンに言った。

「水道のとこにも一本転がってるぞ」

ジンギョンは水飲み場の水タンクの横にごろんと落ちているペットボトルを拾って、じいさまについていった。じいさまは管理室の冷蔵庫にジュースを入れた。冷蔵庫はいくつもの保存容器とミネラルウォーター、焼酎のびんでいっぱいで、ほとんど空間が残っていない。じいさまは保存容器をあちこちへ動かして空間を作り、次々にペットボトルを突っ込んでいったが、どうしても二本だけ入らなかった。冷凍室を開けてしばらく中をのぞき込んでいたじいさまは、仕方なくドアを閉めながらジンギョンに聞いた。

「飲むかい?」

ジンギョンは首を振り、じいさまはおかまいなくペットボトルのふたを開けた。机の上の小さなテレビではマンションのCM、台所用洗剤のCM、栄養剤のCM、映画の予告編が続き、一日の終わりのニュースが始まっている。ジンギョンは机に腰かけてジュースを一口含んだ。ぬるくてとても酸っぱかったが、傷んでいるせいか、それがもともとの味なのかわからない。じいさまはキャスターつきの椅子を前後に動かしながら喉を鳴らしてジュースを飲み、酒でもあおるようにくうっと声を出した。

じいさまは共用の水飲み場の水を飲まない。冷蔵庫のドアポケットにはいつもミネラルウォーターがぎっしり詰まっており、高くつくのに料理にもそれを使っていた。夏になると蛇口に直接口をつけて水を飲むジンギョンを情けなさそうに見ていたが、ある日、蛇口を閉めながら変なことを言った。

「サハマンションの人が何でこんなにしょっちゅう死ぬかわかるかい? 何でこんなに病気の子どもがいっぱい生まれるかわかるかい? 病院に行けないせいだけだと思うかね?」

テレビでは、口角を上げて優しい笑みを浮かべた女性アナウンサーが事件事故のニュースを伝えていた。

「公園の入り口に駐車していた車の中から女性の死体が発見され、警察が捜査に当たっています。昨夜十時、サハマンション近くの公園を散歩していた市民が死体を発見し、警察に通報しました。死亡した女性は三十代前半の小児科医師Sさんで、二日前に外出した後帰宅せず、家族から捜索願が出ていました。警察は会見で、車はSさんのものであり、死体に性的暴行の痕跡があることから、Sさんは性的暴行を受けた後殺害されたものと見て捜査を進めていると明らかにしています」

ジンギョンが持っていたジュースのボトルを投げ出すように置くと、じいさまのテーブルの上にジュースがごぼっとあふれてこぼれた。スーだ。スーが死んだのだ。スーは死に、トギョンは何日も姿が見あたらない。トギョンを探さなくてはと思ったが、携帯電話も持たず友達もおらず、絵を描く以外には最近何もしていないトギョンをどこでどう探せばいいのか、ジンギョンは途方に暮れた。とりあえず公園に行ってみようと立ち上がると、じいさまが尋ねた。

「どこ行くんだ？」

ジンギョンがちょっとためらってからまたドアの方へ行くと、じいさまが急に叫んだ。

「やめとけ！」

じいさまがこんな大声を出すのは初めてだった。いつも醒めていて、無関心だった。サハマンションに住み、サハマンションの管理の仕事をし、サハマンションの人々からお金をもらっているのに、ここの人たちを見下しているような印象だった。自分はあんたたちとは違うというような、関係ないし、関心もないというような。そんなじいさまが大股でジンギョンに近づいてきて手首をつかんだ。

「行くな」

ジンギョンはじいさまの目をまっすぐ見つめた。茶色の瞳が色あせたように前より明るくなっていた。あたりがこんなに暗いのに、瞳孔は十分に開いていない。しわのようでもあり年輪のようでもある老いた瞳孔を見ていると、たくさんの疑問符が浮かんできたが、ジンギョンは何も聞かなかった。ジンギョンの心を読んだように、じいさまが先に口火を切った。

「何があったか知らないがね、ジンギョン。取り越し苦労は誰のためにもならないんだぞ」

手首をつかんだじいさまの手から力が感じられた。じいさまも十年あまり前に国境を越えてきた人だと聞いている。ここにやってくるまでのじいさまの人生は、ジンギョンと同様、すさまじいものだったはずだ。家族はいるのだろうか。彼の年老いた目は、若い目が見ることのなかった何かを見ている。じいさまはジンギョンの腕をつかんだ大きな手を離すと言った。

「ジュース、ありがとうな」

サハマンション

そこは代々、養殖を主業とする漁村だった。いつの年からか赤潮がひどくなり、養殖場が一つ二つと廃業していくさなかのこと、特に収入源となるような観光地もなく、大規模な交易のできる港湾もなく、食べていくあてのない人たちは故郷を離れていった。そうこうするうち、ある企業が自治体と協力関係を結んだ。オフィスビルや工場の建物が建て込んでいくにつれ、高層団地が造成されて若い人々が引っ越してきた。遊び場で子どもたちが駆け回り、幼稚園の黄色い送迎バスが曲がりくねった細道をゆるゆると走っていた。企業はＩＴと生命工学の分野で精力的に事業を拡大し、急速に成果を収めた。この都市は世界的な注目を集め、人々はそこを地名ではなく企業名で呼んだ。

だが、企業の成長が地域の発展に結びついたわけではない。系列の建設会社だけが生き残って建物を建てつづけ、系列の流通会社だけが生き残って商売をやり、系列の金融会社だけが生き残ってその中で金を回した。焦った自治体が性急に約束した各種の税制上の特恵待遇や支援策は、毒となって帰ってきた。結局、自治体は破産申請を申し立てた。長い長い法廷での攻防の末、都市は企業に売り払われた。つまり吸収された。かくして、巨大な、企業なのか国家なのかわからない異様な都市国家が誕生した。

一つの都市の生命が尽き、新しい歴史が始まったが、大きな変化はないように思えた。独立前もこの都市はすでに企業のようなものだったから。系列企業の社員である大多数の住民は、以前と全く同じ職場に出勤し、全く同じ学校に登校し、全く同じ生活を維持していた。だが、社員ではない人々は妙な不安感に襲われた。急遽本国に移住する者たちも少なくなかった。まだ起きていない、しかし、やがて確実に起きるであろう事態から自分たちを保護せよと求めるデモがさまざまな規模で行われたが、まだ何も起きていないという答えが返ってくるだけだった。

八十代を目前にした企業の会長は、国民への談話を発表した。自分は一事業家であって商売のことしかわからない、この都市を吸収したのは、さまざまな制約を逃れて思いきり仕事ができる環境を整備するためだったと述べた。会社及びこの都市の成長に若さのすべてを捧げたことは事実だが、この都市を自分だけの王国にするつもりはないと述べた。

「タウンはみなさんのものなのです」

この談話をきっかけとして、小さな都市国家に「タウン」というニックネームが生まれた。

都市の吸収に先立って、企業は資金確保の名目で株式を大量発行した。国家となる企業の価値と成長可能性を高く見積もった者たちが投資専門会社をでっちあげて株式を買い入れ、投資家を集めた。投資家のほとんどはタウンのもともとの住民である。国家になると、企業は生活産業部という政府の部署に編入された。企業は消え、企業が発行した株式は紙くずになった。空港、鉄道、道路、公共住宅などが二束三文で海外投資家に売られていった。海外投資家たちはみな、会長の一族か企業の幹部だった。

タウンは共同総理制を導入した。教育、法曹、労働、企業、国防、文化、環境の専門家が分野別に複数の推薦者を立てると、当事者及びすでに選出された総理たちによる非公開協議が行われ、各分野から一人ずつ、合計七人の総理団が形成された。総理たちの正体は徹底して秘密に付され、会長さえ知らないといわれていた。会長は、総理団の広報官としてたった一人を任命しただけだった。

最高水準の年俸と終身に近い雇用保障、絶対的な権力。しかし表に出せない名誉は空虚だし、偽りの職場と職階で生きていく生活は不安だろう。そのうえ、秘密を漏洩したり不正が明るみに出た場合は法廷で最高刑が待っている。初代総理にと提案を受けたある人物は、個人的な会合で自分の身分と総理団の構成に言及したため公開処刑された。多くの人が見せしめと考えた。

総理たちは、一理も二理もある不安と混乱を隠蔽するための臨時法案を「特別法」という名前で、特段の手続きも踏まずに制定した。テレビとラジオのチャンネルが一本化され、新聞社が統廃合された。大学の特定の専攻が廃止され、教授や研究員、学生たちは一瞬にして職業を失った。立地、業種、代表者の経歴などを理由に突然廃業に追い込まれる商店や会社があったが、抗議するすべはなかった。

休日に三人以上の成人が集まる際は事前に許可を得なければならなかった。宗教団体も同様である。口にしたり書いたり印刷したりしてはいけない単語があった。文脈と関係なく、表現しただけで処罰を受けた。会ってはいけない人がいた。歌ってはいけない歌があり、読んではいけない本があり、歩いてはいけない通りがあった。異常事態だったが、あまりにもこともなげに進展したので、常識のある人々はむしろ自分の常識を疑わねばならなかった。

都市を吸収した当初、地元民すべてを新しい都市国家の住民として受け入れると会長は述べた。約束は守られなかった。総理団が、無秩序な密入国を防ぐために住民資格を設けると決定したためだ。もともと住んでいた場所で、それまでと同じく静かに暮らしていた者たちまでが追放命令を受け、彼らのなけなしの財産は公共資産として差し押さえられた。特別法はこれらすべての過程に制裁を加えなかった。それどころか、地元民たちに対してのみ広範囲に適用されたので、タウンは違反者であふれ返った。拘置所が不足した。裁判期間が縮小され、略式起訴によって追放刑が山のように下された。タウンを早く安定させるための措置だとされたが、タウンが安定した後も変わりはなかった。

総理団は引き続き、同じ方法で運営された。疾病、事故、死亡などによって空席が生じると、また最初と同じ方法によって新総理が任命されて七名に保たれているということだったが、総理団に関してはいかなる情報も公開されなかった。公式的に知られている人物は会長が任命した広報官一人だけで、任命当時非常に若かったため、今に至るまでその役割を忠実に遂行していた。

地元民が出ていった後その住まいはすばやく撤去されたが、おかしなことにサハマンションの工事だけが何度も延期された。そうこうするうちに、住民資格もなく、この都市から出ていきたくもない人たちの一部がこっそりサハマンションに住みはじめた。工事日程の予告表示は何度も日付を延長してかけ替えられた。あるとき、サハマンションの人々は表示そのものを取り外してしまった。かければ外し、新たにかければまた外し、表示を取り外すなという警告文まではがしてしまった。何度か、目には見えないもめごとがあった。そして信じがたいことに、以後、表示は出なかった。

各世帯への水道とガスの供給は途絶えていたが、中庭の水飲み場の蛇口はひねれば水がざあざあとよく出た。汚水は下水溝を通ってちゃんと流れていった。屋上のソーラーシステムのおかげで、電気が完全に切れることもなかった。サハマンション全体がたびたび停電したが、誰も不平は言わなかった。警官や公務員が訪ねてくることもなかった。ここに住む人々は近隣の工事現場や倉庫、それに類する汚くて危険な場所で働くことができた。暮らしていくことはできた。しばらく身を隠そうと思ってここに来た人々は、小さな家具や電気製品を備えはじめた。調理器具を改造してLPガスタンクとつなぎ、玄関の内側には内鍵を、外には錠前を新たに取りつけた。夜、明かりの灯る窓が増えていった。

サハマンションの人々も普通の共同住宅のお隣さんどうしのように、行き来するときに目礼し、知らない子どもらの頭を撫でてやり、何棟に住んでいるのか、そこは電気がちゃんとつくか、ガスの匂いはしないかと聞いた。各階とも○号室は日当たりが良いんだって、○階は空き家が多くて薄気味悪いんだって、三回も引っ越した家があるんだって、といった噂も広がった。そして誰かの提案で、公式の住民の集まりがスタートした。自然に運営委員会が作られ、住民代表が選出された。各世帯から管理費が徴収され、管理人が雇われて施設を保守した。そうやって四十年が過ぎた。

資本や技術、専門知識がなければ国民として受け入れてくれない国。半導体やモバイル、デイスプレイ分野において最多のコア技術を保有する国。ワクチンや医薬品、医療機器関連の特許を最も多く保有する国。世界最大規模の生命工学研究所と最高水準の研究陣を保有する国。七名から成る共同総理制を採択している唯一の国。国会はただの操り人形で、実際には総理たちに全権があるにもかかわらず、その七人は徹底してベールに包まれて一切の対外活動をしない国。いかなる国際機構や地域連合にも加入していない国。「タウン」と呼ばれる、世界でいちばん小さくいちばん異常な都市国家。外にいる誰も容易に入ることはできず、中にいる誰も出ようとしない秘密めいた閉鎖的な国家において、サハマンションは唯一の通路もしくは非常口のような場所だった。

*

A棟の一階の金属の手すりに一組のゴム手袋が干してある。花ばあさんのものだ。ばあさんはときどき手すりにゴム手袋や頭巾、ぞうきんといったものを干していた。管理室のじいさまや一階の人たちも、濡れたコートやはきもの、傘をちょっとかけておいたりしていた。
サハマンションは、鉤（かぎ）の手に折れた廊下に沿って七軒ずつ、計十四軒が並ぶA棟と、七軒が一列に並んだB棟とが」という形に接していた。二棟に囲まれた空間は、かなり広いながらもこぢんまりと居心地がよかった。人々はその空間を中庭と呼んでいた。中庭には小さな遊び場と駐車場、共同の水飲み場があり、花ばあさんがやっている畑がある。錆びて虫食いの、穴のあいた遊具で遊ぶ子は誰もいない。運転のできる人もいないし車もないので、駐車場も常に空いている。中庭でまともに使われている空間は畑だけだ。

外壁のペンキは剝がれて、壁面には深く大きな亀裂がそのままむき出しになっていた。金属の手すりは絶え間なく錆び、鉄柱が打ち込まれた廊下にまで錆び水が染み込んで、建物の側面にある非常階段はもう、立ち入ることもできないほどセメントが割れていた。階段に通じる出入り口はすべて閉鎖されている。目につかない程度に少しずつ崩れ落ち、呼吸するように埃を吐き出している古い建物。サハマンションの人々はその中で食べ、眠り、老いていく。

マンションの名前を示す表示板には対角線にひびが入っていた。文字を彫り込み、その中に緑色のペンキを埋め込んだ「サハマンション」という文字が「サハ」と「マンション」に分割されていた。サハマンション——サハ、マンション。「サハ」という文字の後ろには黒い大きなゴミ袋が、山の獣の死体のようにぐったりと積まれており、そこから黄色い汚水が流れ出ていた。

区役所はサハマンションのゴミを収集しない。仕方なく住民がゴミ回収代行業者に費用を払って処理しているのだが、業者がときどきこのような方法で金額への不満を伝えてくるのだ。管理室の隣の掲示板にはいつも、ゴミの排出量を減らしてくれという注意書きが貼ってある。戸締まりをちゃんとしろ、家庭での衛生管理に留意せよ、外部の人間の同伴立ち入りを自制せよ……。サハマンションの人々には、こうした当然の決まりごとを守る余裕も理由もなかった。

白菜の若芽が早々と花軸をもたげていた春の日のことだ。花ばあさんは小さな園芸用スコップを一つ持ち、腰にも一つつけて、一日じゅう畑にしゃがみ込んでいた。黄色い花のつぼみがむくむくと姿を現し、咲き、その形はまるでフリージアのようだったので、ジンギョンは何輪か折って花束を作った。ばあさんはジンギョンをじっと見ているだけだった。畑のどんな草をむしっても花を折っても実を取っても、ばあさんは何も言わなかった。

すたすたと足音がして、ジンギョンは振り返らなくてもウミが近づいてくるのがわかった。ウミの大きくて軽やかな体だけが立てることのできる足音。ウミはジンギョンがこれまでの人生で直接会った人の中でいちばん背が高く、頭が大きく、肩が広く、指の節々が太く、膝が飛び出していた。その怖いほど大きな体で、いつも飛ぶようにすばやく歩いていた。

ウミが、花束を作っているジンギョンのそばにどっかりと座った。ジンギョンは、白菜は花が咲いてしまうと固くなって食べられなくなるよ、花は揚げて食べるとおいしいよ、蜂が隠れているかもしれないから注意しなくちゃねと脈絡のないおしゃべりを続けた。そのときどこからか、黄色い色紙の切れ端のようなものがすばやく羽ばたきながら飛んできて、ジンギョンが持っている白菜の花にとまった。ジンギョンは手を止めて小さく叫んだ。

「あ、蝶々！」

花より鮮やかな黄色。ぱあっと広げた両の羽には瞳のように渦巻く黒い模様。平らに広がり、先に行くほど尖っていく触角の形のせいで、頭に小さな鳥の羽毛が二本挿してあるように見えた。

「きれい。でも、派手な蝶には毒があるっていうよね」

ジンギョンが言うと、ウミが首を振った。

「蛾だよ」

ウミは、羽をすっかり広げた蝶々または蛾に目を据えたままつけ加えた。

「蝶はとまるときに羽をたたむんだ。羽を広げてとまるのは蛾だよ。それと、蝶の触角は細くてすーっと伸びていって先が丸まってるけど、蛾の触角はあんなふうに、葉っぱみたいに平たくて産毛が多い。まあ、あれも毒はあるかもしれないな」

黄色い蝶々、または蛾はまた色紙の切れ端みたいにひらひらと羽ばたきながら飛んでいってしまった。サハマンションで生まれ育ったウミは、公教育を受けてはいないが、頭の中はありとあらゆる分野の知識でいっぱいだった。病的なほど本をたくさん読んでいた。特に歴史と哲学に詳しく、有名な小説や詩もすらすら暗唱できた。ウミの言うことは当たっているのだろうと思いながらも、ジンギョンはこの会話を終わりにするのが嫌で、つけ足した。

「蛾っていうにはきれいすぎるからさ」

ウミが唇の端を歪めて笑った。

「きれいかきれいじゃないかって、そんなんで種を分けるの？　おもしろいね」

ウミは答えを聞きもせずに立ち上がり、水飲み場へ行った。

セメントを粗く塗り、円柱を立て、その円柱の周囲にぐるりと八つの蛇口がついた小さな水飲み場が、サハマンション唯一の上水道だ。マンションの人々はみんなここで水を汲み、飲み、体を洗い、洗濯をする。出入りするたびに水を汲んでおくのが習慣になっていて、不便だとか面倒だとか不平を言う人はいない。水飲み場にはいつも大きな水タンクと小さな手押し車が置いてあり、みんなきれいに使って元の場所に戻していた。

水がこぼれてもウミはおかまいなしだった。強い酸味を感じたときのように、左の目をほとんどつぶるようにしてしかめながら空中を見ていた。そうやって、水タンクにためた水よりもっとたくさんの水を地面にこぼしてしまってから、ウミはびくっと驚いて蛇口を閉めた。古い錆びた蛇口が必死のおもむきできいっ、きいっと鳴った。ウミはときどき、きつく閉められた蛇口をついひねっては折ったりした。壊れた蛇口を新品に交換するたび、じいさまは面倒くさがる様子も見せずくすくす笑い、ウミにこう言った。

「むやみに力入れるんじゃないよ。女を扱うみたいに、優しく回すんだよ」

「爺さんのドタマも優しく回してやろうか？　そんなつまんない話、全然笑えない」

意図せずしょっちゅうものを割り、つぶし、壊すのだった。それでもウミはあわてたり、申し訳なさそうにしたりしなかったし、じいさまはウミにやられてもそのたび笑っていた。笑うたびにじいさまの口の横には深いしわが一本、はっきり現れた。ウミは水タンクを三個も載せた手押し車を平気で片手で引き、もう一方の手でさらに水タンクを一個持ってA棟の入り口へ歩いていった。階段の左半分にセメントを大ざっぱに塗って作ったスロープはでこぼこして急だった。ウミはしょっちゅうバランスを失って横転しそうになる手押し車をぐっとつかみ、元気よく登っていった。

ジンギョンはまだ白菜の花の花束を持っていた。花ばあさんがジンギョンの肩に手をぽんとのせた。

「渡せなかったのかい？」

ジンギョンの顔が赤くなった。

サラが二階の手すりにもたれて立ち、庭の光景を全部見ていた。ジンギョンの表情までは見えなかったが、顔が赤くなっていることはわかる。サラがすたすたと階段を降りてきた。ジンギョンはまだ黄色い花束を持って立っており、サラは一つしかない大きな目をいっそう大きく見開いて、言った。

「お花きれいだね、オンニ（ねえさん）」

ジンギョンははっきりしない表情で花束をそっと見た。

「誰にあげるの？」

「あ、まあね」

サラがジンギョンをしばらく見つめたが、ジンギョンはその思いが読み取れず、サラを見ているだけだった。サラはじれったそうにくすっと笑い、先に尋ねた。

「じゃあ、この花、私にくれない？」

ジンギョンはそれでやっと花束を差し出した。サラが両手で花束を受け取って香りをかいでいる間、ジンギョンは階段の方へ歩いていった。頭の中でずっと蝶々のことばかり考えていた。

サラが叫んだ。

「ありがと、オンニ！」

「ん？」

「お花、ありがとってば。花束作ってくれてありがとう！」

ジンギョンが思い出したように腕を上げてサラに手を振ると、サラはにっこり笑い、花束をさらに大きく振った。

701号室、ジンギョン

ジンギョンはついに公園に行った。行かずにいられなかった。時間がかなり遅いせいか、貧相な立ち入り禁止のテープが巻いてあるだけで警官も見物人もおらず、散歩に来た人もいなかった。死体が発見されたという車も見当たらなかった。中腹のあたりで、制服姿の幼いカップルがこれ見よがしに腰に手を回して抱き合い、キスしているのにぶつかった。ちらっとジンギョンの方を見た後、二人でくすくす笑いをしている。木の根っこと傾斜で自然にできた階段を最後まで上ると、二坪ほどの広さの小さな空き地がある。ジンギョンは空き地のすみに立ち、道路をはさんで公園と向かい合うサハマンションを見おろした。

他のビルに比べて明らかに暗い夜のサハマンション、月明かりでてらてら光る屋上のソーラーパネル、点々と鈍い光を放っている窓……。トギョンもこの崖の前に立ってマンションを見おろしたことがあるだろう。何を考えていただろうか。今はどこにいるのか。ジンギョンは目をぎゅっとつぶってから開け、踵(きびす)を返すと土の階段を大股で降りていった。加速度がつき、坂道で足がずるずると滑り、長く伸びた木の枝が何度も頬を引っかいた。

四車線道路の前に立ってジンギョンは、頬に吹き出した血のしずくを手の甲で拭き取った。のどが渇き、めまいがし、若干もうろうとした状態で、車道に向かって一歩を踏み出した。猛スピードで走ってきた一台の車がパァアアンとクラクションを長く鳴らしてジンギョンをよけ、隣の車線に移った。ジンギョンはおずおずと後ずさりをして歩道に座り込んだ。冷やりとしたものが脳天から始まって背筋に沿って降りてきた。学校で、空き地で、遊び場で、トギョンが一人で待っていると知りながら遅く帰った日がよくあった。幼いトギョンが姉さんを呼びながら泣く声が風に乗って聞こえてくるようだった。

ジンギョンは両足をそろえてその場でぴょん、ぴょん、ぴょーんと三回跳んだ。気を取り直して車線の両側をよく見た後、大股で走って道を渡った。走りつづけた。何も考えずただ足を動かして走っていくと、サハマンションに着いていた。


スーを二度めに見たのは一年前のある夜だった。ジンギョンは手すりごしに空を見上げながら廊下をうろうろしていた。タバコを吸いながら714号室まで行き、また701号室へ戻ってきたが、どの位置からも月は見えなかった。雲に隠れているのだろうか。月のない日なのか。頭の中にカレンダーを思い浮かべ、日付を入れて計算していると、手すりの向こうの遠くで何かが動いているのが見えた。ひどく暗い夜、異常なほど静かなサハマンション、誰もいない中庭に黒い影が二つ、重なったり離れたりしながら明かりの消えた管理室の前を素早く通り過ぎた。

影たちがA棟の入り口にすっと入ってきた。しばらく後、影一つが庭を横切って出てきたかと思うと、身を翻してまたA棟の方へ走ってきた。ジンギョンは急いで身をかがめ、タバコをスニーカーのかかとでもみ消した後、影の動きを見守った。少なくともそのうち一人が誰かはわかった。やっと手に入れた日常が、危なっかしい平和が壊れそうな不吉な予感がする。ジンギョンはがっくりと座り込んだ。壁に沿って走ったコンクリートの亀裂が廊下の床まで続いていた。

階段を上ってくる足音が聞こえた。タタタタン、タタタタン、タタタタン……。一人の足音だ。足音、しばし静寂、足音、またしばし静寂。一階分を駆け上がった後で手すりにもたれ、庭で見守る人に向かって手を振っているのだ。また一階分上っては手を振っている。音がだんだん近づいてきてついに七階の踊り場に影が現れた。ジンギョンが知っている方の一人、トギョンだった。

トギョンは手すりに向かってすたすたと歩み寄り、飛びおりるのかと思うほど上半身を思いきり突き出して手を振った。長い腕が、黒い空に虹をかけるように大きな弧を描く。それからトギョンは意味のわからない手振りを何度かすると、もう帰れというように空中に手の甲を突き出した。手すりにもたれてはまた手振りをし、またじっと見守っては手振りをする。それを何度かくり返してからトギョンはやっと、ジンギョンが座り込んでいる廊下の方へ戻ってきた。廊下のすみに姉がうずくまっているとは全く知らず、低く鼻歌を歌っている。アップテンポの軽快な歌に似合わない荒っぽいしゃがれ声だ。ジンギョンはそのぎこちない声が不憫で、鼻の奥がつーんとした。ジンギョンが耐えられずにぐすっと鼻をすすると、廊下に低く響いていた鼻歌がぴたっと止まった。

「姉さん？」

「あの人、誰？」

トギョンは答えなかった。ジンギョンはもう一度聞いた。

「タウンの女（ひと）？」

トギョンは今度も答えなかった。

「きれいだったね」

しばらく黙っていたトギョンが聞き返した。

「見たの？」

見たよ。タウンの住民なら絶対怖がるこんな場所に、何とも思っていないように入ってくる女。やたらとあんたにつきまとう女。あんたの小さい影を見ようとして最後まで待っている女。あんたに悲しい鼻歌を歌わせる女。そんな女がきれいじゃないわけがない。

「うん」

ジンギョンの答えにトギョンが首をかしげた。

「覚えてないの？」

ジンギョンは中庭を横切ろうとして走ってきた影を思い出した。小柄な体。走るたびにぴんぴん跳ね上がるポニーテール。静かな足音。思い浮かぶ顔が一つあった。いつだったか、トギョンが工事現場で働いていて鉄筋でひどい擦過傷を負った。スーパーで消毒薬と包帯を買って応急手当てをしたというのだが、腕にしっかり巻かれた包帯の形が尋常ではなかった。誰かが手伝ってくれたのかと聞くとトギョンはつっかえつっかえ、花ばあさんだと答えた。翌日ジンギョンがばあさんにお礼を言うと、ばあさんは驚いて聞き返した。

「トギョンがけがしたの？」

あのときも、その人のことを思い浮かべたのだった。トギョンは何も言わずジンギョンに手を差し出した。

「心配しないで、姉さん」

ジンギョンはトギョンの手をつかんで立ち上がった。

「電話してあげたらいいのに。こんな夜遅く……口ではそう言わなくても、怖いはずだよ」

トギョンは玄関のドアノブを回すジンギョンの肩を抱いた。

「ありがとう、姉さん」

ジンギョンは影が消えた中庭をもう一度見回した。

姉弟は居間兼寝室に使っている大きな部屋の引き戸を閉め、並んで横になった。小さな部屋がもう一つあるが、初めてサハマンションで荷物をほどいた日から、二人は大きい方の部屋で一緒に寝ていた。すっかり大人になった姉弟が同じ部屋を使うのはよくあることではないが、ジンギョンとトギョンは何とも思っていなかった。何年もかけて雨水が作り出した奇怪な絵が、天井をびっしり埋めていた。

空き部屋ならどこを使ってもよかったのだから、夏暑く、冬寒く、エレベーターもない過酷な最上階にあえて住む理由はなかった。だがジンギョンは、少しでも不便なところに住みたいとでもいわんばかりに、七階の端のこの部屋を選んだ。冬の方がむしろ暮らしやすかった。暖房がきいていないので寒くはあったが、乾燥もしないし結露もしない。夏が問題だった。天井から水が漏れるのだ。

サハマンションに入って二度めの夏、畑が全部水浸しになるほど毎日毎日雨が降りつづいた。

大きい方の部屋のベランダ側の角に沿って雨水が入ってくるようになり、水はひたひたと手を伸ばして壁一面をすっかり濡らしてしまった。天井のあちこちから雨水が漏れて、丸い雫ができたかと思うとぽたぽた落ちてきた。ひどく長かった長雨の季節が終わると、こんどは天井のしみから色とりどりのカビの花が咲き誇った。トギョンはすぐに引っ越そうと言った。だがジンギョンはなぜか、移りたくなかった。

「もう一年も住んだのに。あんまり動きたくないな……」

壁は壁紙を全部はがして乾かし、天井のカビは粉末の漂白剤でさっさっと拭き取った。壁と天井には防水ペンキを塗ったが、雨が降るとまた天井と壁は雨水でまだらになった。一度流れができてしまうと、ちょっとの雨でも天井がびっしょり濡れるのだ。雨水は以前のしみに沿って流れ、何重にも模様を重ねていった。雨が降れば濡れ、天気がよくなれば少しずつ乾き、また雨が降ればまた濡れ、ゆっくりと乾き、それをくり返す。ジンギョンとトギョンは並んで寝て天井を見ながら、しみの年輪を数えたりしたものだ。トギョンは、あえて雨漏りする家に固執する姉を理解できないと言いながらも、引っ越そうとも、別々に暮らそうとも言わなかった。

開いた窓から月光が奥まで入ってきた。ジンギョンは天井に映ったベランダの手すりの影が時計の分針のようにゆっくり右へ傾いていくのを見ながら、スーに凍傷の治療を受けた日のことを考えていた。トギョンが、姉さん、と呼んだ。眠れないことを悟られたくなくて、ジンギョンは答えなかった。

「僕たちは誰なのかな。本国の人間でもないしタウンの人間でもない僕らって。僕らがこんなふうに、一生けんめい、まじめに一日一日生きていったところで、何か変わるのかな？　姉さん、誰がわかってくれる？　誰が僕を許してくれる？」

ジンギョンが口をつぐんだままでいると、トギョンは長いため息をつき、寝返りを打って背を向けながらつけ加えた。

「僕もタウンの住民になりたい」

タウンの住民。住民。それから一か月後、トギョンはスーと一緒に714号室に移り、独立した。


ジンギョンは目を開けたまま夜を明かし、朝になって寝入った。埃のようにぼんやりした軽い騒音が夢の上に舞い降りてきた。週末の朝だ。閉めた戸の向こうからとぎれとぎれに入ってきていたテレビの音のようで、ジンギョンは夢を見ているのかと思っていた。

「おーっと！　ストップ、ストップ！」

じいさまの声だ。ジンギョンはぱっと起き上がった。玄関を開け、廊下に出て中庭を見おろすと、ずっと空いていた駐車場に二台の警察バスが入ってくるところだった。毎朝早くサンチユやきゅうり、ミニトマトを収穫する花ばあさんが畑の片すみに立ってそのようすを見守っており、管理室のじいさまは車の後部をたたいて駐車を手伝っていた。

サハマンションは三分の一程度が空いていた。初めのうちは空いたところに好きに入って住めばそれでよかった。そのうちに、一家族が部屋をいくつも使ったり、ここかしこと渡り歩いてはあちこちを汚したりするようになった。タウンの住民やＬ２たちがサハマンションを逃避先と心得て忍び込んだり、分別のない学生たちが大人の目を避けて出入りしたりするせいで、どこが空いていてどこに人が住んでいるのかもちゃんとわからなかった。住民会議ですべての家に鍵をつけることが決められた。空いている家の鍵は管理室の棚にあり、管理室の棚の鍵は住民代表が保管する。

だが、今、じいさまと向き合って話している警官がその鍵束を持っている。それは管理人のじいさまと住民代表のウミが鍵を渡したことを意味する。手すりをつかんだジンギョンの手が震えた。着換えようとして振り向き、ドアノブをつかんで開けた瞬間、後ろから誰かがジンギョンの肩をつかんだ。ジンギョンは反射的に腕を振り上げ、肩の上の手をつかんで反対側にひねった。男は悲鳴を上げ、横に立っていた若い男がジンギョンに銃で狙いを定めたが、腕をねじ上げられた男は異様なほどに髪が白かった。白髪の男はもう一方の手を上げて若い男をなだめると、ジンギョンに言った。

「ああ、警察です。ひとまず腕を離してください」

ジンギョンがゆっくり腕を離すと、銃口も同じ速さで下げられた。警官は、予想していたというように余裕を持って笑いながらひねった肩を揉んだ。

「お姉さんですね？」

ジンギョンは答えなかった。何も知らされていない状態でうっかり動いたり、情報を漏らしてはいけない。

「スーをご存じですか？」

　ジンギョンは首を振った。警官は手帳から写真を一枚取り出して見せてくれた。

「ここに来て子どもたちの治療もしてやっていたというんですがね。ああ、子どもがいないからご存じなかったかな。話は聞いていたでしょう？　この近所の小児科の医者ですよ」

　また首を振った。警官は手を自分の口元へ持っていき、親指と人差し指をくっつけては離すジェスチャーをしながら、ゆっくり尋ねた。

「もしかして、しゃべれないんですか？」

「いえ、違います」

「なら、どうして何も言わないんですか？　私はまた、しゃべれないのかと思ったよ。ちょっと入れてください。令状は持参してます」

　彼がのろのろと書類を一枚広げている間、若い警官はジンギョンより先に家の中へ入っていった。ジンギョンが急いで後を追い、靴も脱がずに玄関に右足を乗せると、また肩に手がかかった。

「何日か前に公園で死んだ女性医師のことです。弟さんがその女性にちょっとね、厄介をかけていて。ストーカーとかいうでしょ？　そんな話があってですね。周辺に目撃者もたくさんいるんです。それで病院も辞めたっていうんですよ。弟さんはどこに行きました？」

「どこ行くとか帰るとか教えるような仲じゃないんで……」

　警官は、なるほどというようにうなずいた。

「いつ出ていきましたか？」

「今日は会っていません。それぞれで勝手に暮らしてるから、もう」

「弟さんの家は閉まってるんですがね。非常キーみたいなものがあるでしょう？」

「ありませんよ」

　わからないと答えているのに、警察はトギョンの近況を根掘り葉掘り聞きつづけた。ジンギョンはもしや失言をしてはいけないと感情を抑え、落ち着いて答えようと努めた。そのとき若い警官がドアの前に立っているジンギョンを押しのけて出ていった。左手にビニールバッグを持っており、中には古い歯ブラシ、櫛、トギョンが前に使っていたかみそりなどが見えた。ジンギョンは瞬間的に下唇をぎゅっと噛んだ。そうしないと叫んでしまいそうだったのだ。髪の白い警官が慰めるようにジンギョンの肩を一度ぽんとたたくと振り向いた。

　トギョンがストーカー行為を働いたという。ストーカー、ストーカー、ストーカー。ジンギョンは鼻の頭がくすぐったくなるのを覚え、その発音に何となく陰険さを感じ、何度も小声でストーカーとつぶやいてみた。

＊

　ジンギョンとトギョンは三年前にサハマンションにやってきた。

ジンギョンの父はいつものように酒に酔って夜中に帰宅する途中、強盗に遭って金を奪われ、死ぬほど殴られ、ようやく呼吸だけはできる状態で命をとりとめた。母は二度まで夫から逃げたことがあったのに、いざ父が倒れると信じがたいほど心をこめて病床の夫の世話をし、家族の生計を担った。

すべての家にはその家族特有の空気のようなものがある。ジンギョンの家では、死体のように寝ている父と飛び出した折れ釘、チカチカする蛍光灯、隅っこの蜘蛛の巣、空っぽの冷蔵庫の冷気といったものが家の空気だった。そのけだるい、ぐったりと沈んだ雰囲気が耐えがたかったある日、まだ幼かったジンギョンは母に、父さんなんか死んじゃえばいいのにと言った。母は驚きもせず叱りもせず、投げやりに理由を尋ねた。ジンギョンは聞き返した。

「お母さんはそう思わないの？」

「思わない。私はあんたの父さんにずっとこうやって生きててほしい」

「どうして？」

「私は今、あんたの父さんの面倒を見る立場だからね。ものも言えずに寝ているあんたの父さんに、恨みでも呪いでもぶちまけられるんだからね。それ以外にはなんにもないもの。あんたの父さんがいなかったら、私はもう、何者でもないだろうよ」

気道につながる小さな穴に痰の吸引チューブを入れるたび、板切れのように寝ていた父は生きていることを証明するように両目を見開き、全身をぶるぶる震わせた。母は低い声で歌っていた。すべての罪は我にあり　主の前にひれ伏し請い願わん　許したまえ　救いたまえ……。

母は宗教を持たないが、修道女が校長を務めるカトリック財団の女子高校に通っていたときに聖歌をたくさん聞いたという。父の硬直した体を淡々と起こし、背中をたたき、体を拭き、あちこちにつながった医療器具を消毒する母を見るたび、ジンギョンは問いたかった。いったいお母さんに何の罪があるの？　どうしてお母さんがひれ伏すの？　お母さんが何を許してもらわなくちゃいけないの？　そうやって植物状態で六年以上生きていた父は、ジンギョンが十五歳になった年の春に死んだ。

そのときジンギョンの母は引っ越し会社で、食器や鍋類などの世帯道具や子どもの荷物、服を整理する仕事をしていた。父の葬式の翌日もいつもと全く同じく朝七時に出かけ、本とおもちゃのたくさんある仲睦まじい家庭の家財道具を広い庭つきの家に運んだ。家財道具が傷まないようにエアキャップで一個一個包んで箱に入れ、トラックに載せ、二時間走って新居で荷物をおろし、すべてを定位置にしまい、掃除し、娘と息子がラーメンで夕飯を済ませた後になって帰宅した。次の日も、その次の日も母は毎日毎日、弟の面倒をちゃんと見てねとジンギョンに言って朝早く家を出た。

その日もそうだった。見送るジンギョンの肩に優しく手を乗せて、行ってくるね、と言った。他の言葉はなかった。表情も他の朝と同じだったし、ためらう様子もなく振り向きもしなかった。弔問に来た引っ越し会社の同僚たちも同じことを言った。ふだんと何も変わらなかったと。疲れたと言って途中でコーヒーをもう一杯飲み、ずっと歌を口ずさんでおり、お昼どきもご飯を一杯あっさり平らげたと。そして顧客の新居である十階のベランダで洗濯かごや洗剤を片づけてから、一階の花壇に落ちた。

葬儀場は閑散としていた。生きていくだけで手いっぱいだった母は、人との縁を長く大事にすることができなかった。連絡を取り合っていた血縁者は上の姉、つまりジンギョンのいちばん年かさの伯母だけだったが、ジンギョンは伯母の電話番号を知らなかった。友達と呼べるほどの人もいなかった。四か月前に父が死んだときに葬式に来たことで義理は済ませたつもりなのか、父方の家族もほとんど来なかった。叔父が一人来て、ずっと酒ばかり飲んであいさつもせずに帰り、年下のいとこが伯父の代わりに香典だけを持ってきた。

予想外に、引っ越し会社の同僚たちの方が涙を見せた。勤務時間以外はジンギョンの母との間に特に共感も意思疎通もない中年男性たちだった。疲れる作業、突然の事故、警察の調査が続き、緊張と圧迫感から涙が出たらしい。ひょっとしたら、悲しみよりも恐怖による涙だったのかもしれない。ああいう事故が自分にも起きるかもしれないという、自分たちの子どもらもあんなに幼くて弱いのに、わかっていながら打つ手がないという恐怖。彼らは柄にもなく、長いことジンギョンとトギョンのやせた手を握っていた。参考人として取り調べを受けていたため最後に駆けつけた社長は、事故ではなく自殺であり、会社の損害は甚大だが、ただただお悔やみ申し上げると礼儀正しく述べてそっと手を離した。

彼らは夜通し通夜の席を守ってくれた。ゲームもせず、酒や料理にも全く手をつけずに黙って座っており、線香が尽きるころには一人ずつ霊前に出て香を手向けた。生きていたというかすかな証拠のように、香からはかぼそい煙が立ち上り、空中でほどけて消え去った。いがらっぽい香の匂いが充満していることを除いたら、何もない空間だった。

ジンギョンが壁にもたれもせずにちょっと傾いて座り、泣いたりうとうとしたりをくり返しているとき、どこからか歌が聞こえてきた。すべての罪は我にあり　主の前にひれ伏し請い願わん　許したまえ　救いたまえ……。その瞬間ジンギョンは、魂の配列がまるごと引っくり返るのを感じた。視神経がぱっと切れたようになり、目の前に何も見えなくなった。ウーンと耳元で響く正体不明の騒音の音量が徐々に小さくなり、聞き覚えのない叫び声と悲鳴が、トギョンの泣き声が聞こえた。その日ジンギョンは生まれて最初で最後に弟を殴った。しかも、まぶたも口も閉じられなくなるほどめちゃくちゃに。トギョンが折れた前歯を一本吐き出した後になってやっと我に返り、拳を止めることができた。

以後トギョンは、ひどく姉に執着した。ちょっと見には、父母を二人とも失った幼い子どもがたった一人の身寄りに頼っているように見えたが、実際のトギョンの感情はそんなに単純ではなかった。

ジンギョンは学校をやめ、昼間はガソリンスタンドでアルバイト、夜はウェイトレスのアルバイト、夜中はコンビニのアルバイトをした。肩にのしかかる疲労とともに家に帰ってきたある日、朝、顔を洗おうとすると歯ブラシがなかった。そのときは大したこととは思わなかった。一週間ほど後にまた歯ブラシが見当たらず、こんどはトギョンに聞いた。トギョンは知らないと言った。一か月ほどしてまた歯ブラシが見当たらなかったとき、ジンギョンはトギョンに向かって怒った。捨てたのか、掃除していて落としたのかと。どうして同じ歯ブラシ立てからいつも私のだけがなくなるんだと。トギョンはなぜ自分に腹を立てるのかと聞き返し、ジンギョンは謝った。

トギョンが学校に行った後、ジンギョンは家の中を探し回った。ゴミ箱、靴箱、冷蔵庫まで引っかき回したが、歯ブラシは出てこなかった。アルバイトに行く時間になってあきらめ、服を着替えようとすると、トギョンの座り机の上にぽつんと置かれた金属製のペンケースが目に入った。まさか。歪んでちゃんと開かないふたを無理に開けると、狭い箱の中で押しつぶされた、毛が黄色く変色した歯ブラシがピンと花が咲くように飛び出してきた。ジンギョンが使っていた歯ブラシだ。一本は毛がすっかり曲がっており、三本はほとんど新品だった。

「姉さんが逃げるかもと思って」

トギョンはわけのわからない返事をした。ジンギョンがどんなに問い詰めても、トギョンは首を振って泣くばかりだった。

「答えなさいってば！　何で私が逃げるの？　どこに逃げるっていうの？　歯ブラシを隠したらどうなるっていうの？」

「僕もわからないよ」

ジンギョンはそれ以上尋ねなかった。トギョンの言葉は本当だと思ったからだ。

最初、社長はトギョンに気づかなかった。就職したいからではなく、ただ社長に会うためにだけトギョンはその引っ越し会社に履歴書を出し、書類選考、面接を通過し、最後に社長との単独面接の機会を得た。

「うちの母は自殺したんじゃありません」

小さな面接室でトギョンが社長に言った唯一の言葉はそれだった。え？　何だって？　こいつ何者なんだ？　何度聞き返してもトギョンは同じ答えを反復するだけだった。うちの母は自殺したんじゃありません。呆れた表情で、程よく手ずれして艶のある原木のテーブルに手をついて立ち上がろうとした社長は、急に寒気がしたようにぶるっと身震いした。だがトギョンの右目と左目、鼻筋と人中、上唇の稜線、口角を冷静に見つめてこう言った。

「お前のお母さんは自殺したんだ」

「うちの母は、自殺したんじゃありません！」

「お前のお母さんは自殺した。よりによって顧客の新居のベランダから飛び降りたんだから、私の被害もちょっとやそっとではなかったよ。安全バーは腰より高い位置にあった。棚を片づけていて事故で墜落するなんてありえない」

トギョンは同じ言葉をくり返し、社長はもうがまんならないというように首を振りながら完全に立ち上がったが、そこから一歩も動くことはできなかった。それより先にトギョンが社長の脇腹に工業用カッターを突き刺したからだ。トギョンは、くっ、という声を上げて仰向けに倒れた社長の体に馬乗りになり、肩とみぞおちをさらに四回刺し、最後に首に刃を突き立てたまま逃げた。

両手と腕と服をどす黒い血でびっしょり濡らしてぶるぶる震えているトギョンを見て、ジンギョンは古いマンションのことを考えた。何十年も前に独立したという、南方のどこかにある小さな都市国家。世の中に向かって高く堅固な壁を打ち立てている国。そのまた中に、島のように孤立している一棟のマンション。こんなに完璧な隠れ家がほかにあるだろうか。絶対に捕まらないだろうとジンギョンは思った。そこへ忍び込むことさえできたら。そこが本当にあるのなら。

二人は貨物船に隠れて海を渡った。貨物船がタウンの船着場に止まると、死ぬ覚悟で船から飛び降り、日が沈むまで海水の中に身を潜めていた。春まだ浅い海を泳ぎきり、明け方の風を浴びて夢中で走った。サハマンションは本当に、そこに、あった。

管理室に到着したとき、ジンギョンとトギョンの顔にはうっすらと氷が張っていた。トギョンは床に倒れてしまい、ジンギョンは「助けて、お願いします」と言おうとしたが、凍りついた唇は全く動かなかった。じいさまは二人を管理室に付設された自分の宿所に連れていった。機械室からお湯を汲んできて浴槽を満たし、脱がせられるところまで服を脱がせた後、お湯に浸からせた。お湯によく浸したタオルを二人の髪にかけて包むと、ジンギョンに言い聞かせた。

「タオルが冷めないように何度も浸かって、顔から温めなさい。すごく痛いだろうが、ちょっとがまんしな。そして気を確かに持つんだ。ここであきらめたら、ここまで来たのがあまりにもったいない」

ジンギョンは濡れたタオルでトギョンの顔を温めてやりながら、じいさまの言葉をくり返した。

「気を確かに持って。あきらめたら、ここまで来たのがもったいない」

トギョンは奥歯をぐっと噛みしめてうなずいた。


長い住民会議の末に、マンションの人々はジンギョンとトギョンを受け入れることに決定した。住民資格を失ってL2になったわけでもなく、L2の資格もない地元民とその子どもたちでもない、完全な異邦人が入居するのはじいさま以来十年ぶりのことだった。じいさまはまるで拒絶された者たちを慰めるような表情で、ジンギョンに鍵を渡した。

「ようこそともおめでとうとも言えないがね。生きてるだけで十分だと思って暮らすんだな」

家の片づけをざっと終えたジンギョンは、じいさまに言われた通り職業紹介所に行った。タウンで生きるためにまず第一にやるべきことはそれだと言われたのだ。とにかくお金があってこそ生活できるのだし、お金を稼ぐためには仕事をしなくてはならないが、サハたちは履歴書を出して面接を受けるという普通の方法で仕事探しはできない。

紹介所は、サハマンションから遠からぬオフィスビルの中にあった。正面の巨大な回転ドアからは、こざっぱりした身なりの会社員たちが絶えず出入りしていた。ジンギョンはじいさまが教えてくれた通りに、ビルの裏手に回った。駐車場に入る車両出入口の横の、何の表示も出ていない固く閉ざされた扉を開けると、狭くて天井の低い廊下が現れ、その突き当たりにまた鉄の扉が一つあった。やはり何の表示もないその扉を開けると、正面にはつるつるに磨り減った二人がけのソファーがあり、その横に大きな古い丈夫そうな木製の机が見えた。

所長はそこに座ってパチン、パチンと爪を切っていた。机の上にちり紙が敷いてはあったが、爪のかけらはその紙を越えて四方に飛び散っていた。よくあるニットシャツを着て大きな指輪をしたおばあさん。濃い口紅を塗り、真っ白な髪にはひどく縮れたパーマをかけている。見ようによっては年相応の平凡なおばあさんのようでもあり、まともではない老婆のようでもあり、目の下の傷跡がとても目立った。ナイフでぐさっと刺されたような横二センチ程度の傷跡。ちゃんとした治療を受けなかったのか、ある部分はぐっと凹み、ある部分はぼこぼこと肉が飛び出して、傷を中心にそのまわりの肉まで黒く色が変わっていた。

年は少なくとも八十歳。動きは鈍く、言葉はのろく、体が細かく震えている。震える手で高級万年筆をぎゅっと握りしめ、書類を自分で書いていた。

「何棟の何号？」

「A棟の701号」

「いちばん不便で寒いとこに入ったね。年は？」

「私は二十九、弟は二十四」

「前は何をしてたの？」

「私はまあ、食堂みたいなとこで働いたり、弟は学生」

所長はジンギョンを上下にじろじろ見るとゆっくりうなずき、仕事が入ってきたら管理室に連絡すると言った。

サハマンションに戻る道の両側に木蓮がびっしりと植わっていた。やせた枝の上に、高級テイッシュのようなすべすべの白いつぼみが出ている。日が沈むところだったので、木蓮の白いつぼみが夕焼けに赤く染まり、木の間のところどころに差された旗がものうげにはためいていた。旗には初めて見る図形が描かれていた。角が七つある星。職業紹介所が入っているビルの入り口にもこの図形が描かれた額があった。

ジンギョンは管理室に寄って、国旗のことを聞いた。じいさまは口をちょっと突き出し、首をかしげて聞き返した。

「国旗？　そんなもの見た覚えはないなあ。まあ、この狂った国にも国旗というものがあることはあるんだろうけど。でも、星だというんなら、七芒星のことかな？　総理団の標章が七芒星だよ」

管理室の窓の下には傷だらけの木の長机が置かれている。机の下には暗証番号で鍵が開く金庫、机に比べて法外に低いキャスターつきの椅子、机の横には小さな冷蔵庫。一人だけで座って仕事をするのにちょうどよかった。

ジンギョンはじいさまが露骨に嫌な顔をしてもお構いなく、狭い管理室に好き勝手に出入りしていた。机の上や椅子の肘かけに適当に腰かけ、ときには床に座り込んだりもした。長い間寝ついて死んだ父と、それに対して何の表現も反応も見せなかった母。日常的に大人と接したことがあまりなかったからか、ジンギョンは年上の人が苦手だった。だがじいさまには関心があった。口数の多い人で、誰かの悪口を言ったり嘆いたり極端に悲観的な話ばかりしているのに、相手を気安くさせる何かがあった。ジンギョンがノックもせずに押しかけてくるたび、じいさまは部屋が狭くなると文句を言いながらも、たたんであった簡易椅子を広げてくれるのだった。

ジンギョンが簡易椅子の埃を払っていると、机の上に置いた小さなテレビからニュースの始まりの音楽が流れてきた。じいさまはテレビの方へ手を伸ばしてボリュームを上げた。テレビもラジオもチャンネルは一つしかない。ジンギョンがチャンネルボタンのないテレビを珍しがると、じいさまは画面に目を据えたままこう言った。

「これはバカの箱だよ、バカ箱。人間を本物のバカにするんだ。だから見ないのがいちばん」

総理団の広報官による一日の報告が放送された。ニュースが始まる前にはいつも広報官の報告が流され、毎日の議決事項、事業の進行状況、論評などが国民に伝えられる。医療保険拡大の実施および保険料の見直し。私立保育機関の段階的公立転換、第三居住地区の公共化が決定された。国立医療院傘下の一部研究所を世界最大規模の海外の医療財団が吸収合併することとなり、生活産業部を政府の部署から独立させて公社化することにしたという。

「いいなあ。いいですよね、タウンの住民は」

ジンギョンの言葉にじいさまは苦笑した。

「ここは単なる巨大企業なんだよ。公共という名前の会社がふくれ上がっただけさ。金のない人たちは病院にも行けず、子どもも育てられないが、誰かさんのふところの中には金を生み出す機関がある、というわけだ」

画面の中、広報官の発言台に描かれた七芒星のマークを見ながら、ジンギョンは通りに翻っていた旗のことを考えた。ジンギョンが逃げ込んだこの国では、国旗を目にすることもめったにない。街のあちこちに国旗でもない総理団の旗が立ててある国、自分たちの決定を毎日発表する総理たち、そんな一方通行の発表をコミュニケーションだと思っている国民たち。総理団の発表が終わってニュースが始まると、じいさまはテレビの電源を切った。

「不思議じゃないか？　タウンではなぜ、ここにサハたちが住むのを放っておくんだと思う？」

「そう決めたんでしょ、総理たちが」

「総理たちはどうしてそう決めたのかな？」

答えを期待している質問とは感じられず、ジンギョンは消されたテレビ画面に映ったじいさまの姿だけをじっと見ていた。じいさまが一人言のようにつぶやいた。

「タウンの住民たちがそう決めたのか？」

画面の上でジンギョンとじいさまの目が合った。じいさまは笑っていなかった。


火事が起きたのは初夏のことだった。夏は最初から猛烈だった。かんかん照りの昼間より、火照りが消えない夜の空気の方が人々の息を詰まらせた。熱帯夜を耐えてへとへとになったじいさまは、管理室のドアと窓のすべてを開け放って朝からうとうとしていた。熱風が吹き出してくるだけの扇風機から比較的涼しい風が出るときだけちらっと気を取り直し、すぐにまた眠りに落ちた。浅い眠りの合間に丁重なノックの音が聞こえた。トン、トン、トン。早すぎも遅すぎもせず、正確に三回。音をはっきり聞いてもじいさまは目を開けることができなかった。

またトン、トン、トン。誰かが扇風機の風の前に立ったことまではわかったが、まるで体が動かなかった。

「大丈夫ですか？」

扇風機の風をさえぎって立った誰かに肩をゆさぶられて、ようやくじいさまは眠りから覚めた。

「悪い夢でも見ましたか？　おっと、すごい汗だ。今日は昨日ほど暑くもないのにね」

じいさまは一目見ただけでもこの男が気に入らなかった。優しく親切そうに見えるが、丁寧なようでいて、やけに言葉遣いがなれなれしい。じいさまが嬉しそうでも不思議そうでもない表情でじっと見つめていると、男は尻ポケットを探って身分証を出して見せた。警官だった。

「昨日の晩、火事があって。そこの通りの四つ角でね。お聞きになったでしょ？」

「聞いてるかい、そんなこと」

警官がくすっと笑った。そして管理室の外に置かれた椅子を引っぱってきて、じいさまと目の高さをそろえて座りながら言った。

「誰かが七芒星の旗に火をつけたんですよ。大胆なことに、都心のど真ん中からスタートして、国会に通じる道に沿ってずーっとね。幸い、火は拡大しなかったからすぐに消し止めたけど、犯人は捕まっていません。もしや夜中の三時前後に、変な人を見かけませんでした？」

よくあることだった。対象が特定されない、従って容疑者の範囲を絞りにくい犯罪が発生すると、犯行現場がどこであれ、警官一人ぐらいはサハマンションを訪れた。じいさまは手を振って、あっちへ行けという意思を示した。

「知らんよ。都心で火をつけた者をどうしてここで探すんだ？」

そのときA棟の二階に住む四十代の男性一人が、脂じみた髪のままでマンションに入ってきて、長いあくびをした。男は目をちゃんと開けていられない様子で管理室に向かってぺこっとあいさつをし、見知らぬ顔とすれ違った。ゆるゆると階段を上っていくその男を、警官はしばらく見つめていた。

「あの人、今帰ってきたんですか？」

「夜間に道路掃除してるんだ。あんたが探してるような人はここにはいない。私が保証する。だから、事件が起きるたびにここに来て時間を浪費しないで、タウンで探してみな」

「私の仕事が何だと思ってそんなことを？　サハマンションの人たちには相当な前歴があるはずですよ」

サハマンションではささいなもめごとがしょっちゅう起きていた。タウンの住民を殴ったり乱暴を働いたりして警察に引っ張られる者も少なくなかったが、相手のほとんどは約束を守らなかった事業主だ。結局、サハマンションの人々が金をもらえなかったり、治療を受けられないまま事件は幕引きとなるのだった。代価の保証されない単純労働を機械のように反復する人生は、後ずさりに似ている。恐怖に怯えてのろのろと歩み、苦労して着いてみれば、いつももっとひどいことが待っている。ここに住む人々は徐々に子どものように幼稚に、単純になっていった。

朝、仕事から帰ってきたA棟二階の男をはじめ、ジンギョンとトギョン、そして二人の二十代の住民が警察の取り調べを受けた。翌日になって実際の放火犯が自首したのに伴い、帰宅措置を受けはしたものの、帰ってきたジンギョンの腕には大きな痣があった。ジンギョンは、帰りのバスを降りるときにドアにぶつけたと言った。

「ぶつけてすぐに痣になるなんてこと、あるかい？」

じいさまは引き出しから消炎剤を出してジンギョンに渡しながら、警官はサハマンションの人々のことを何もわかってないとぼやいた。

放火犯はじいさまの推測通りL、つまり住民だった。平凡な六十代の引退生活者。犯行当時、飲酒していない状態だった。

生涯を公務員として生きてきた彼は引退後、区役所で来庁者の案内をするボランティアをやっていた。普段からたびたび危険な発言があったという。暇さえあれば職員でも住民でも誰でもつかまえて、タウンは正式国家ではないとか、タウンの住民管理方法は大型スーパーの在庫管理方法みたいだと言ったりし、匿名の共同総理制度をただちに廃止して国際機構に加入し、国際法に従うべきだと主張したこともあった。単なる年寄りの妄言と聞き流そうにも、ものの分別がつかなくなるほどの年齢ではないし、世情に疎い無学者でもない。たびたび住民からの抗議があり、区役所の関係者たちも何度となく注意してきたが、少しも改まらなかった。むしろますます過激になっていった。

タウンの外に一歩も出たことのない人だ。今はタウンとして独立した平凡な地方の小都市に生まれ、そこで学生時代を過ごし、タウンの公務員試験に合格し、タウンで職場を見つけてタウンの女性と結婚し、タウンで暮らしてきた。そんな彼が異常な主張を始めたのは、三年前に父の葬式を出して以来だった。

彼の父は十分に長生きした後、肝臓ガンで亡くなった。たいへん高齢で体も弱っていたため抗がん剤治療を受けられなかった父は、悲しみも取り乱しもせず、麻薬性の鎮痛剤を過多服用しながら静かに人生を終えた。家と本と財産を整理し、寄付し、大切な人たちと会って最後のあいさつをかわし、孫たちに自分で料理をしてやり、その過程を写真と文章で記録して『肝臓ガンのおじいちゃんの台所』という原稿を完成させた。そして、孫娘のアドバイスに従い「肝臓ガン」を削除して「おじいちゃんの台所」とタイトルを修正した。目を閉じる前、最後に、嫁にはありがとうという言葉を、孫たちには問題を起こさないようにと、孫娘には料理の本を出版してくれという言葉を残した。そして息子である彼にはこう言った。

「生きてきて悔やんでいることがたった一つある。その一つのせいで人生丸ごと後悔だ」

父のたった一つの後悔の種は何なのか、家族は全く想像がつかなかった。父を尊敬するだけで会話をしてこなかった彼もまた、わからないのは同じだった。

黙々と葬儀を執り行った彼は以前と同じく区庁に出かけ、親切な顔で人々を案内し、夜にはふだん飲まなかったウイスキーを四、五杯飲んだ。妻は、父を失った悲しみのためだと思い、大げさには考えずに流してきたが、結局彼は区役所のトイレで腹を押さえて倒れ、緊急治療室に運ばれた。二時間後、やっと意識を取り戻した彼が医師にまず言った言葉は、医者が苦しむ人を治療せずに、それでも医者かというものだった。

いっそ放火で処罰されるなら幸いだったろう。特別法によって起訴され処罰されることになったら、刑量は予想もつかない。特別法には基準や根拠がなく、再考の余地もない。家族たちは、彼が一生公務員としてタウンのために働いてきたこと、若いころ業務中に交通事故で足を負傷して障害を負ったこと、父親の死亡によって大きなショックを受けそれ以来うつ病を患ってきたという事実を強調した。彼がやってきたのはそういうことだった。死に値することであろうと、気の触れた行為といわれようと。

翌日ジンギョンが消炎剤を返すと、じいさまはジンギョンの腕をちらっと見やった。真っ青だった痣の跡が黄色く変わってはいたが、まだ消えてはいなかった。

「返さなくていい」

「おじいさんのものでしょ」

「汗だらけの肌にこすりつけたものを、また使えっていうのか」

「おじいさんが使ってたものなのに」

「私は汗をかかないんでね」

ジンギョンは無意味に消炎剤のふたを開け、手首をさっさっとこすってみた。消炎剤が揮発して飛んでいくとき、腕がすーっとした。

テレビに放火犯のニュースが出た。じいさまは画面に視線を据えたままずっと、何てこったとつぶやいていた。放火犯は大きなマスクをして野球帽まで目深にかぶっていたので顔は全部隠れていたが、あごの丸い線は隠せなかった。さっぱりと剃り上げたすべすべの白い肌、肉づきのよい顔。今までの豊かで安定した生活が見えるようだった。ジンギョンは痣になった腕を上げて自分の頬を撫でてみた。ずっと天日に干したタオルのようにがさがさだった。

「恵まれているくせに、何の不満があって……」

ジンギョンがつぶやくと、じいさまは何も答えずリモコンを取ってテレビを消した。しばらくして、深刻な思いに突き上げられたようにのろのろと言葉をくり出した。

「私たちには失うものがないのに、どうしてああいうことができないんだろう。蝶々革命が最初で最後だったなあ」

タウンが独立した初期、新政府に反対するL2とサハたちが大規模なデモを行った。それはデモとも暴動とも革命とも呼ばれていたが、じいさまは「蝶々革命」と言った。ジンギョンは何となく、じいさまもそのときその場にいたんじゃないかと思ったが、そうは聞けなかった。そして思った。本当に、なぜ私たちはああいうことができずにいるんだろう。

＊

戸別の聞き込みが一通り終わってまた一日が過ぎると、張り込んでいた警官たちも緊張がほぐれたのか、暇そうな顔で好き勝手に出歩きはじめた。ジンギョンは廊下の手すりにつかまってぼんやりマンションを見おろしていた。ぐっとうつむいたジンギョンの視界に、親指の爪に青いマニキュアを塗った二本のかぼそい足が入ってきた。サラだった。サラはしなやかな長い指でジンギョンの手を握り、ジンギョンは肩を一度びくっと震わせて手を離した。サラを見るたびに心が重くなる。目の白い部分が氷河のようだ。そして、底知れない深さをたたえてかすかに光る青い瞳。こんなにきれいな目が一個しかないなんて。目のせいではないのに、サラは目のせいだと思っているようだった。サラがジンギョンの手をまた握りながら言った。

「トギョンさんがうちにいるよ」

「え？」

サラは身をかがめてあたりを一度見回した。

「女一人の家だからかな、あんまり厳重に調べていかなかったんだ。冷蔵庫の中に隠れてたの」

「それで、無事なの？」

「うん。いや、そうでもないな。私知ってるんだ。トギョンさん、あのお医者さんと一緒にバーに来てた」

ジンギョンはとりあえずほっとしてから、すぐにたまらなく不安になった。小さな冷蔵庫の中に体を丸めて隠れているとき、トギョンは何を考えていただろう。ジンギョンはサラの手をぎゅっと握りしめた。

「もう来ちゃだめだよ」

サラはジンギョンの目を見つめた。

「でもオンニ、私だって怖い」

ジンギョンは手すりにつかまって立っているサラを中庭から見えない階段の方へ連れていき、ぎゅっと一度ハグした。

「頼むね」

サラは何度も大きくうなずくと階段を駆け下りていった。サラは生まれたときから右の目がなかった。五歳のときに自分から眼帯をつけ、以後、一度も外したことがない。母親が死んだときも葬式の間も、遺体を処理する方法がなく研究所に引き渡したときも、眼帯が濡れてはいけないと思って泣かなかった。

サハマンションの内外に、サラを気にかけてくれる人はたくさんいたが、サラは全部断っていた。それはジンギョンのためだった。だが、サラの気持ちにも気づいておらず、自分の気持ちもよくわかっていないジンギョンは、ただサラをハグしてトギョンをよろしくと頼んだ。

214号室、サラ

勤務中は絶対酒を飲まないと決めている。でもその日は不思議と、コニャックの香りがずっと忘れられなかった。サラが好きなコニャックだ。カラメルなどの添加物を入れず、オークの樽でじっくり熟成させたというもので、独特の甘味と果物の香りがするのでよくカクテルに使っていた。常連たちに勧めると反応がよく、オーナーが何本か追加注文したところだった。小さなグラスに注いで唇から舌をゆっくり潤しながら流し込むと、甘く新鮮な香りが口いっぱいに広がる。いい気分で少しずつ飲んでいくと、酒の減りが目につくほどになった。

「今日は、何かあった？」

ずっと見て見ぬふりをしていたオーナーが、サラの方へ目を向けずに聞いた。何もない。何もないがなぜか不安で気もそぞろで、サラも変だと思っていた。サラはわざと大げさに笑いながら答えた。

「何もないですよ。何か起きるのかな？　どうせならいいことだといいけど」

オーナーはサラの言葉を聞くと、急に思い出したように、あ、そうだと言って棚の下の方から紙袋を一つ取り出した。

「ショーウィンドウにあって、きれいだから買ったんだけど、私にはちょっときつくて。動きづらいんだ。サラには合いそうだけど、着る？　月曜日から持ってきてたんだけどずっと忘れててさ」

ワンピースだった。ぱっと見にはスーツ用のブラウスのようなデザインだが、丈が膝まであってワンピースになっている。肩はカチッと決めてあるが、スカート部分はひらっと広がっていて、あまりサイズに縛られないデザインだった。オーナーはサラよりちょっと背が高いだけで体格も似ている。オーナーがどういうつもりでワンピースを買い、余計な説明までつけ足すのかサラもよく知っていた。香水、口紅、靴、バッグなどを同じ理由でもらったことがあったし、それはほとんど、または完全に新品だった。

「ありがとうございます。何かいいことがありそうな気がしてたんですよ」

気まずい顔をしたり困ってみせたりせず、喜んで受け取ること。感謝の気持ちをはっきり表すこと。似たようなことが何度も起きた後にサラが下した結論だ。明日は絶対このワンピースを着て出勤しなくちゃと思った。そして気分がよくなり、コニャックをもう一杯飲んでしまった。

お客がいないのでちょっと早く退勤した。久々にぐっすり眠りたかったのだが、へたに酒を飲んだせいかサラはかえって眠れなかった。眠りかけてはハッと気づき、また眠りかけては気づきをくり返した。いっそ酔うまで飲もうと思って起き上がり、冷蔵庫を開けると、玄関のドアがカタカタ言った。風かな。ちょっとしてこんどははっきりトン、トンとドアをノックする音が聞こえた。サラは冷蔵庫の前に立ったまま凍りついてしまった。もう一度トン、トンと音がして、人の声も聞こえるような気がした。

「何なの！」

どちらさまと聞こうと思ったが考えを変えて、そう叫んだ。風がかすめるような、かぼそい声が答えた。

「開けて」

トギョンの声だった。サラは膝で這ってすばやく玄関まで行き、もう一度確認した。

「どちらさま?」

「僕、トギョンだ」

ジンギョンの弟だ。スーと一緒に七階に住んでいる。あれを一緒に住んでいるといえるだろうか。正確には、トギョンの家にスーがしょっちゅう来て泊まっているというべきだな。


701号室に二十九歳と二十四歳の姉弟が入居したという話を聞いたとき、本当なのとサラは二度聞き返した。狭い小部屋が一つと、小さなベランダつきの居間兼寝室が一つ。どう見たって困るだろうに、姉さんにしても弟にしても。二年後、弟のトギョンがサハマンションの子どもたちを診察している医者と暮らしはじめたと聞いたときは、本当なのと四度聞き返した。

タウンの住民には医療費の個人負担が発生しない。その代わり医療保険が、公共料金とは思えないほど高い。保険料を滞納したために財産を差し押さえられて破産したり、保険料をまかないきれずに自分から住民資格を放棄する人々もいる。保険番号がなければ病院や薬局で受け付けそのものをしてくれないので、サハマンションの人々はスーパーで売っている何種類かの市販薬であらゆる病気に耐えていた。飛び出した釘で引っかかいたり、虫に刺されたりといったささいなことが原因でひどく苦しんだ。病気やけがを、抗いきれない巨大な運命のように感じていた。

特に子どもたちがよく病気をした。保健所は定期的にサハマンションを訪れて新生児の健康状態を確認し、必須の予防接種をしてくれたが、それでおしまいだった。きわめて緊急性の高い感染性の疾患でない限り、子どもたちが病気になったりけがをしたりしても治療はしてくれない。誠実に聴診し、採血し、体の内部を見、どのような疾病があり、どのような措置が必要かを優しく教えてくれて帰っていく。だから、もっと切迫した、苦しんでいる子どもたちを治療してくれる医師はスー一人だけだった。

サラは二人が初めてバーに来た日を覚えていた。重たいバーのガラスのドアを力いっぱい、しかしゆっくりと押して先に入ってきたのはスーだった。スーは何気ない表情でバーの中を見回し、お客が全員好む窓際の席の方へ歩いていき、すぐにもう一人がぐっとうつむいたままスーの後について入ってきた。見慣れたスニーカーだ。人造皮革のようだが、自然に色褪せてかえって高級そうに見えた。スーツ用の靴や革靴ではなく、明らかに紐を結んではくスニーカーだが、素材が革で、それが変には見えずサラには印象的だった。サラはトギョンのことを考えると、まずスニーカーが思い浮かんだ。間違いなくそのスニーカーだった。

二人は小さなテーブルを間に置いて向き合った。トギョンはすっかり下を向いていたので、気づかないふりをしてあげるべきかな、でもオーダーを取りにいかないわけにいかないよね、とサラはしばし悩んだ。そのときトギョンがサラの方を振り向いて、左手を小さく振った。僕だよ僕、と言っているみたいだった。サラは他のお客に対応するときと全く同じようにオーダーを取り、全く同じように酒と飲み物を持っていった。トギョンは一度目礼しただけで、近況を聞いたり、スーを紹介してくれたりはしなかった。スーはほとんどテーブルにうつ伏せになった姿勢で右腕を伸ばし、そこに頭を乗せており、トギョンはそんなスーの右手を握っていた。ほとんどトギョンがしゃべり、スーが聞いていたが、ときどきスーは肩を震わせて笑った。

さらに三回ほどバーに来て以来、スーもサラに目であいさつするようになった。サラが新しく作ったカクテルを味見してくださいと出したり、ちょっとテーブルについて話をしたりすることもあった。あるとき、スーが前につきあっていた男の悪口を言っていた。その男があまりに何のアイディアもなしでデートにやってくるので、どこに行って何をして何を食べるかスー一人が考えなくてはならなかったのだという。トギョンは、その男がなぜそうだったのか、わかる気がすると言った。

「君の主張が強すぎるからだよ。今だって君は絶対やりたいこと、行きたいところ、食べたいものがすごく多くて、結局、僕の思い通りになることはほとんどないじゃないか?」

「私が悪いっていうの?」

「君が悪いわけじゃないけどさ。今日も君がここに来ようって言うから来たんだし」

「えーっ、おかしい。最初にここに来たのは誰? ここがいちばん楽だって言ったのは誰よ?」

気をもむサラを尻目に二人は大声を出し合ったが、トギョンがごめんなさいと言うとすぐに手を取り合い、優しく他の話に移っていった。サラにとっては、前の恋人の話をするのも、自分が横にいるのにけんかするのも、ごめんなさいの一言で簡単に仲直りするのも全部物珍しかった。ほんとに変なカップルだ、変でお似合いだと思った。

その夜、サラの玄関をノックしたのはトギョン一人だった。トギョンがかくまってくれと言い、サラは事情を聞かなかった。また誰か殺したのだろうか。そうかもしれないと思ったが、だからといってトギョンを怖いとは思わなかった。

＊

サラの母ヨナは地元民だったが、タウンが独立したときに住民資格を得ることができなかった。十九歳だった。学生ではなく、だからといってちゃんとした会社員でもなかった。大学入試に失敗し、いろいろなアルバイトを転々としながら次の入試を目指して受験勉強中だったのだ。午前中はコンビニで働き、午後は洋服屋で働いていたので、夜になって本を広げても、その上につっ伏して寝てばかりになってしまった。アルバイトを一つやめたかったが、家に生活費も入れなくてはならないし、自分のこづかいも欲しいと思うと到底やめられない。そんなどっちつかずの身分ではあったが、誰よりも誠実に一日一日を生きていたころ、タウンが独立し、住民許可制度が施行された。

ヨナの家族は誰も住民資格を満たしていなかった。L2になったヨナの父は勤めていた物流会社で二年ごとの契約職に切り替えられ、月給も半分近く減った。父は耐えに耐えた末に会社を辞め、新しい職場を求めて家を出た。父と同じくL2になったヨナは一人で幼い弟妹二人の面倒を見ることはできず、やはり頑張った末に弟妹を養護施設に入れた。そして、家族と住んでいた広すぎて手に余る家で、苦労して家賃を払いながら一人で暮らした。家族が戻ってくる家を守らねばと思ったのだ。だが、L2になってからのヨナは、化粧をせずに出勤したとか、上司に先にあいさつしなかったなどの納得しづらい理由でしょっちゅう解雇された。家賃の支払いは遅れつづけ、結局、家を出てサハマンションに入り、父との連絡は途絶え、妹にも弟にもほとんど会いに行けなかった。

ヨナは苦労して採用された大病院の調理室からまたもや解雇された。サハマンションに住んでいることが理由だったが、だからといってL2が社員寮に入れるわけでもない。病院側は、もっと清潔で安全な住まいを見つけたらいつでも再雇用すると言ったが、仕事がなくてお金がないのに清潔で安全な住まいに移れるわけもなかった。

行くあてもなく、仕事もないヨナは、中庭に降りてギーギーと音を立ててきしむシーソーに座った。急に涙があふれ、手のひらで顔をおおっていると、管理室の男がのろのろと歩いてきてシーソーの向かいに座った。シーソーは壊れそうなほどやかましいキーッという音を立て、一瞬で逆方向に傾き、ハンドルをつかんでいなかったヨナはブンと飛び上がってふらついた。大柄で、シンメトリーとはかけ離れた奇怪な人相の管理室の男が、見かけによらず純朴そうな表情で笑った。

「職業紹介所がありますよ。そこの道を渡ったところの、いちばん大きいビルの駐車場に」

「え？」

「サハマンションの人たちのほとんどは、そこの所長のおばさんの紹介で仕事をしてるんですよ。荒っぽい仕事ではあるけど、だからこそ私らみたいな人間を雇うわけでね。本当に差し迫ってるなら、一度行ってごらんなさい」

ヨナは首を縦に振らなかった。行ってみるつもりではあったのだが。そしてその後、所長のおばさんが紹介してくれた職場で短い場合は一日、だいたいは一週間程度、長い場合は何か月か働いた。品物の個数を数えたり包装をしたり、その包装を開けたり、片づけ、掃除し、消毒をして捨てる仕事が大部分だった。たまにきれいな服を着てイベント会場の入り口に立ち、お客を呼び込む仕事もあった。こっちの方がはるかに楽で、時給にしたら給与も高かったが、ほとんどが一回きりの仕事で、何時間かで終わるのでまともな稼ぎにはならなかった。

仕事はいつもしんどく、お金はたまらず、家族との再会は前途遼遠だった。ヨナは頑張って働き、経済力をつけ、技術を学び、資格も取得し、そうやってタウンの住民になろうとした。父も探し出し、弟妹も連れてこようと思った。しかし昼夜を問わず働いても通帳の残高は変わらず、与えられる仕事は資格や技術とは何の関係もない単純労働ばかりだった。L2在留期限を延長しながら同じ生活をくり返すだけで、こんなことでは住民はおろか、L2にさえ残れそうになかった。

家族のことを考えても、何とかしてやりたいという気持ちはもはやなかった。父への恨みと妹弟に対する気の重さ、罪の意識が深まるばかりだった。特に秀でたところもなく、死ぬほど努力したともいえないが、おおむね誠実に生きてきた。だったら少なくとも、こんな崖っぷちに追い詰められるべきではないのじゃないか。ヨナはこれらすべての状況に嫌気がさしていた。

クリスマスを何日か後に控えた夕方のことだった。ひどく寒い冬で、朝から空は曇り、雲はしきりに厚みを増して、今にも雪が降り出しそうだった。オープンしたレストランの前でミニスカート姿で二時間、震えながら呼び込みをして帰ってきたヨナは、もしかしたらホワイトクリスマスになるかもしれない、どうせ自分とは関係ないと思いながらふとんをかぶった。凍えていた体がすーっと溶けていくようで、うとうとと眠り込んだころ、誰かが玄関のドアをどんどんたたいた。管理室の男だった。ヨナはふとんをかぶったまま、ドアも開けずに何の用事かと叫んだ。紹介所から連絡が来た、急用らしいからすぐ降りてこいというのだった。

所長は電話の向こうで、大規模なクリスマスパーティーの厨房の仕事が入ってきたが、それがもう明日なのだと言った。前にも仕事をしたことのあるイベント会社がヨナを指名してきたという。

「何でわざわざ私を？」

「そうなんだよ。別に器用なわけでもないのに。まあ、あんたが気に入ったってことだろ。それこそ雇う側の勝手だからね」

ヨナは急に何もかも嫌になった。それで、やりませんと答えた。やらない、何もしたくないんだ、もう自分に連絡しないでくれと言うと所長は呆れたように笑った。

「飢え死にするつもり？」

「飢え死にした方がましです。所長が紹介してくれる仕事は、どんなに一生けんめいやっても体がぼろぼろになるばかりだもの。人生逆転するような仕事でなかったら、もう連絡しないでください」

自分から先に電話を切って管理室を出て階段を上りながら、ヨナは、飢え死にするのも体がぼろぼろになって死ぬのも同じことだと思った。またふとんにもぐって体をぬくめると、今、ここ、このときが天国のようだった。

しばらくして所長が、本当に人生が逆転するような仕事をヨナに持ってきた。結婚。タウンの住民である男性との結婚だ。女性の場合、住民である男性との婚姻届を出して、その男が保証すれば住民資格を得ることができる。結婚というものをしてみたいができなかったタウンの男性たちがほぼ最後に選ぶ方法だ。とりあえずタウンの住民資格を持っているところから見て、経済的または社会的に無能力な男はいない。年をとりすぎているとか、外見や健康に致命的な異常があるとか、めんどうな家庭環境、住環境、希望する結婚の形などが常識から大きくはずれた男性がほとんどだ。紹介所では、仕事に追われて婚期を逃したとか臆病で女性とつきあえなかったなどと言いつくろっていたが、正直、そんなケースは一人もいない。

ヨナが紹介された男は高齢だった。七十七歳ということだった。妻とは一年前に死別し、一人いる息子はすでに結婚して別居しているが関係がよくないという。十年ぐらい前に撮ったのではと思われる写真を差し出して、所長が言った。

「私もあんまり気が進まないんだけど、あんたの言葉を思い出したから聞いてみようと思ってね。とにかくお金なら有り余っている人間だ。今は高級ヴィラに一人で暮らしててね。息子には死んでも一文も残したくないんだって。優しくて従順な女に世話してもらって暮らして、その女に全部譲って死にたいんだそうだ。会ってみたけど、まあ、普通の人だよ。あんたのことを話したら年をとりすぎてるって言ってたから、あんまり普通じゃない可能性もあるけどね。私が一緒に行って結婚届を出して、身元保証書も出すって約束したのよ。どう？　この人と暮らす？」

「ただ会ってみるんじゃなくて、一緒に暮らすかどうかを今、決めないといけないんですか？」

「とりあえず一回会って、次は食事して映画見て手を握って？　恋愛がしたいの？　そんなことしてるうちにあのじいさん、死ぬよ。お金だけを見なさい。目をつぶって暮らすかやめとくか、それだけ今、決定しなさい。嫌なら会うまでもないよ。何度も会ったところで、七十過ぎたじいさんを好きになるはずもない」

ヨナは自分の父のことを考えた。そのときヨナの父は五十代だった。昔は結婚年齢が今より低かったから、おじいさんが生きていれば今、八十歳ぐらいか……。ヨナが指を折って三人の年齢を計算していると、それをじっと見ていた所長が言った。

「お父さんよりいくつ年上かとか、おじいさんより何歳若いかとか、そんな計算はやめておきな。どうせ顔を見ることもない仲でしょ。あんたが嫌な気持ちになるだけさ」

人生を逆転させる方法は本当にこれぐらいしかないらしい。ヨナはちょっと悩んだが、所長に尋ねた。

「最悪の事態は何でしょうか？」

「そうね。じいさんがあんたを殺すことかな？　でも、お金は合法的に投資で増やしたもので、いかがわしい連中と仕事するような人じゃないよ」

「じゃあ、ほんとに可能性のある最悪の事態は何でしょう？」

「あんたの嫌悪感が強すぎることかな？　その年寄りに、好きだとかきれいだとかって言われれば言われるほど嫌で、気持ち悪くてたまらないとか、そういうことだよ。本当にだめだと思ったら逃げなさい。私はそれで困ることもないし、あんたをかくまってはやれないけど、とがめもしないよ。その代わりあんたはＬ２でもなくサハになるけど」

ヨナは結婚すると答えた。最悪の状況になっても、今より悪いことはない。振り返ってみると今まで、利益の大きい方を選択したことがなかった。いつも失うもののことを考え、せめても損失が少ない方を選択してきた。すべては自分で選んだことで、結果の全部に責任を負わなくてはならなかった。


所長の予想とは全然違っていた。初めのうち、年老いた夫は若い妻を愛した。大いに愛した。ヨナはあふれるほどの光が降り注ぐ家で、香り高い料理を食べ、手触りのよい服を着て、真っ白な寝具をかけて眠った。だが、その窓を毎日汚れ一つなく磨き上げ、食材本来の香りを生かして料理し、ぴったりの洗濯法で衣類が常にふわふわであるよう管理し、三日に一度寝具を洗ってアイロンをかけなくてはならなかった。夫はヨナに、やがてこの家も服も寝具も全部お前のものになるのだから、もっと大事にしてきちんと管理しろと絶えず口やかましく言うのだった。ヨナにとって、この家が自分のものになる日はあまりに遠かった。そんな日は永遠に来ないように思われた。夫はヨナよりはるかに生気に満ちて健康だった。正直、昼間は家事にいちいち口出しするのでヨナは息つく暇もなかったし、夜はあふれ返る性欲を持て余してヨナを苛んだ。ヨナは夫が身の毛もよだつほど嫌だったが、がまんした。汚く、寒く、不安だった以前の暮らしに戻りたくはなかった。だが、いくらも経たないうちに、夫ははっきりとヨナに愛想をつかした。

ある夕方、夫婦が並んでリビングのソファーに座ってお茶を飲んでいるとき、窓の向こうの空に飛行機雲が長く延びていた。小さいころ、末っ子の妹があれを雲だと言い、弟が飛行機の煙だと言ったためにちょっと言い争いになり、ヨナに確かめに来たことがあった。ヨナはよくわからなかったが、自分で考えた通り雲だと答え、妹が勝ち誇ってお兄ちゃんを笑った。後で自分の方が正しかったと知った弟がくどくどとヨナに愚痴を言ったものである。ヨナは急に思い出したその話を夫に聞かせた。そして、もう弟たちも養護施設を出てしばらく経つだろう、以前の自分と同じように危険な仕事をしながら不安な生活を送っているだろうとつけ加えた。黙ってヨナの話を聞いていた夫が座り直して、ヨナの顔をしばらくじっと見た。

「目的はそれだったのか？」

ヨナは答えなかった。夫は同じことをさらに二回質問したが、ヨナは二回とも答えず、初めて夫に殴られた。ヨナは台所に行って、カトラリーの下に敷くための細かいチェック柄の紙ナプキンを出して鶴を折った。ナプキンとしては厚くてしっかりした紙で、気をつけて折ると十分に思い通りの形に折れた。以後、ヨナは夫に殴られるたびにナプキンで折り鶴を折った。一日に一個だけの日もあれば、三羽、四羽と折る日もあった。窓枠の上に一列に並べた折り鶴が百羽になった日、ヨナは夫から逃げ出した。

ヨナの行く先は、今回もサハマンションしかなかった。もともと住んでいた214号室がまだ空いていたが、今回は214号室に行かず、管理人の宿所に隠れた。本当にしっかり隠れた。サハマンションの人々はヨナが帰ってきたのは本当か、なぜ214号はまだ空いているんだろう、ヨナを見た人はいるのかと尋ね合った。誰も首を縦に振らないまま季節が三回変わり、夫や夫の使いがもう訪ねてこなくなったころ、ヨナは214号室に戻ってきた。おなかが出ていた。ヨナは、これは前夫の子で、ここで一人で産み、一人で育てると言った。そしてサラが生まれた。わざわざ日付を逆算して子どもの父親を予想し、よけいなことを言う者はいなかった。

＊

中庭はめちゃくちゃだった。

「全然休めないんだからな。サイテーだ！」

若い警官たちは聞こえよがしに悪態をつき、花ばあさんが育てたレタスやきゅうり、トマトなどを手当たり次第にもいで食べ、捨て、踏みにじった。人目をかまわず上着を脱いで水飲み場へ行き、上半身を洗った後、蛇口の先を手で斜めにふさぎ、水をかけ合って遊んだ。誰かに水がかかるとけらけら笑い、誰かが眉をひそめたり嫌そうな声を出すと水タンクを蹴飛ばした。

サラはいつものように、バーへ出勤するときマンションの猫たちにやるえさを持って出た。えさ入れが空いているのを確認し、空の器にそれぞれえさと水を入れてやった。日が長くなってまだかなり明るいことも、知らない人たちがたくさんいることも気になって、そこを離れる気になれなかった。しばらく管理室の軒下に立って、猫たちを待った。

えさがもらえる時間をよく知っている野良猫がA棟の裏からひょいと頭を出した。絶対にゴミ箱を引っくり返したり、捨てられたものを食べたりしないその猫は、かなり空腹なはずだがあわてることがなかった。三本足でびっこを引きながら、しかし腰としっぽは優雅に伸ばして生ゴミのゴミ箱の前を通り過ぎ、マンションの人々が駐めた自転車の後ろを通って管理室の前の椅子のところを通りかかった。

猫はえさ入れに鼻を突っ込んでにおいをかぐと、あくびをするように口を大きく開けてから閉じ、あたりをうかがった。そしてサラと目が合った。ぬっと立ち止まった猫に向かってサラがゆっくり目ばたきしてあいさつすると、猫は赤ん坊のようにアーンと答えてからえさを食べはじめた。そのとき何かが猫の方へむかってものすごいスピードで飛び込んできた。一本しかない前足からは外れたものの、猫は裂くような悲鳴を上げてぴょんと飛び上がった。猫はB棟の方へ逃げていった。

「あの泥棒猫め！」

二人の警官が猫を追いかけ、何度も石を拾っては投げつけた。サラは夢中で駆け寄り、一人の腕をつかんだ。

「やめてください！」

腕をつかまれた警官はサラの方へゆっくりと向き直った。サラの指をほどくと、眼帯の方へ手を伸ばした。サラがその手をぱっと払いのけると、警官は口角を上げて笑った。

「おい、この眼帯女。あの足の悪い猫はお前のか？」

サラが答えずに身を翻そうとすると、警官はサラの腕をぎゅっとつかんだ。長い汚い爪がサラの白い腕に食い込んだ。

「答えないのか？　お前があの猫の飼い主かって聞いただろ！」

標的が変わった。もう一人の警官も、手の中で転がしていた石ころ二個を地面にぽんと投げつけるとサラの前に立ちはだかった。サラは二人の間をすり抜けようとしたが、若い男性の力と勢いに勝つことはできなかった。警官の一人が、右手の指四本をくっつけて自分の目をふさぐとサラに尋ねた。

「お前、裏通りのバーで働いてる目の悪いバーテンだろ？　ずいぶん有名だぜ？　そのできそこないの目、ベッドでだけは見せてくれるんだってなあ？　どら、俺もそのごたいそうな目ん玉、見てみようかな」

するともう一人がサラの後ろに立ち、片腕をサラの首に回すともう一方の手であごをつかんだ。サラが大声を出してもがいても抜け出せなかった。向かい合った男がサラの目の前へぴったり顔をくっつけたとき、サラは男の方へ倒れるふりをして思いきり肩に嚙みついた。男が自分の肩を押さえて悲鳴を上げた。そのとき、じいさまがそれよりも大声で叫びながら走ってきた。

「やめろ！」

A棟の地下室から古い大きな袋と錆びたやっとこを持ち出して走ってきたじいさまは、足を踏み外して滑らせながらもう一度叫んだ。

「人を呼ぶぞ！　すぐやめろ！」

窓のむこうで見守るだけですぐには出てこられなかった人たちも一人、二人と出てきて、口々に詰め寄った。ちょっと、やめてください！　おまわりさんが何してるんですか？　こんなことしていいんですか？　サハマンションの人々がサラと男たちを取り囲み、じいさまは転んですりむいて血と土まみれの手でサラの手首を引っ張った。涙で化粧がすっかり崩れて顔がぼろぼろだったが、それでもサラは歪んだ眼帯をまっすぐに直し、中庭を取り巻く人々の方を振り向いた。ジンギョンの姿はない。無念さと安堵が混じって複雑な思いだった。

サラはずっと仕事が手につかなかった。カップホルダーから首の長いワイングラスを取り出そうとすると、グラスが妙にくにゃっとする感じがして、指の間を流れるようにすり抜けた。カシャーンと騒々しい音を立てて粉々になったグラスをじっと見ていると、マンションで感じた恐怖が余震のように押し寄せてきた。

オーナーに了解を得ていつもより早く退勤した。まだ十二時にもなっていなかったが、管理室の照明は消えており、じいさまもいない。サハマンションは芝居が始まる直前の舞台のようにひどく暗く、静かだった。不気味な予感がする。サラがかかとを上げてそうっと歩みを進めていくと、誰かが後ろからすばやく近づいてきてサラの口をふさいだ。耳元に熱い息が触れ、首筋には金属の冷気が触れた。聞き覚えのある声。

「お前の目玉、絶対見てやるからな」

サラは、後ろから聞こえる声に押されるがまま歩いた。後ろの足音は一拍ずれて地面を打ちながらついてくる。二人だ。サラがもがくたびに、首に当てられた金属がわずかに食い込む。行く先は決まっているらしく、彼らはためらいもせず、道に迷いもせず、すばやく歩みを進めた。サラも、自分がどこへ行くのかわかる気がした。警官が宿舎に使っている101号室はいつも鍵がかかっておらず、ほとんど空いていた。

サラは一階の廊下へと引きずられていった。後ろからついてきた男が前に回り、サラの予想通り101号室のドアノブをつかんでゆっくり回した。錆びたドアが金属音を立てて開き、中は完璧に暗かった。闇そのものが生きた何かであるように、大きな黒い口を思いきり開けていた。サラは首を締められたように息が詰まった。隠喩や比喩ではなく、文字通り死ぬほどの恐怖を感じた。かかとに力をこめ、気を張って立っていると、男が首に当てたナイフをそっとわずかに引いた。鋭く研がれた刃が一瞬にして肉をこじ開け、サラは感染したように発作を起こした。男は振り向き、サラの体をつかんで引きずりながら後ずさりして家の中に入った。サラは床に投げ出され、玄関のドアがバーンと音を立てて閉まった。男は手に持っていたナイフをズボンの腰のところでこすると小声で言った。

「おっと！　血がついちまったな。どこでついたんだろう？」

男が刃を縦に持ってサラに近づいてきたとき、玄関のドアがバタンと開いて光が差し込んできた。懐中電灯のようだったが、目が見えなくなるほど明るかった。光の持ち主が誰だろうとかまわないと思ったサラは、男たちがあわてている間に目をぎゅっとつぶって玄関の方へ走った。

「誰だ！　電気を消せ！」

その言葉に従うように明かりが消えた。ばかでかい影が、その体積とつりあわないほど高く軽くすばやく男たちの方へ飛んできた。ブン、という鈍い音とともにカタンという金属がぶつかる軽い音。影が男の手首をつかんでねじり上げると、男が持っていたナイフが床に落ちた。もう一人の男が何度かためらってからナイフが落ちたところへ駆け寄った。影は、ナイフを握っていた男の手首をまだぎゅっとつかんだまま、ナイフを拾おうとしているもう一人の男の手首とみぞおちを順に蹴った。影が両手で同時に二人の胸ぐらをつかんで壁に押しつけると、壁面のスイッチが男の背中に押されて室内灯がぱっとついた。男たちの顔は破裂しそうに赤く、浮かんできた溺死体のように黒目がだんだん飛び出してきた。サラが叫んだ。

「オンニ！　やめて！」

ウミだった。ウミは男たちの目を代わる代わる見ながら、きっぱりと言った。

「なぜこのマンションを撤去できないか知ってるか？　怪物が住んでるからだ。この私がその怪物だよ。もう一度こんなことがあったら、そのときは本物の怪物を見ることになるからね」

ウミは二人の男を投げ飛ばした。男たちがもつれ合って床に転がり、ぜいぜいと息を切らせているとき、悲鳴を聞いたジンギョンも101号室に駆け込んできた。両手でのどを押さえたまま震えているサラと、拳を固く握りしめてぺったり座り込んでいるウミ。ジンギョンは二人を一度ずつ見ると、まずウミの脇を支えて立たせながら尋ねた。

「大丈夫？」

ウミはジンギョンと目を合わせずに軽くうなずいた。サラがいきなり泣き出した。以前のサラだったら、これで済んでよかった、大丈夫、ありがとうと心から言っただろう。片方の目がないまま生まれてきて、十一歳のときに母が死に、十六歳から酒場で働いてきた。サラはその苦労の多い人生を異常なほどあっさりと受け入れてきた。恨んだり後悔するどころか、感謝すらして生きてきた。

サハマンションで生まれ育ったサラにとって、世の中とはぴったりそれだけの大きさであり、それだけの光と質感、それと同程度の難易度を持つものだった。だが最近のサラには、その向こうの世の中が見えてきた。今まで当然だと思ってきた多くのことに腹が立ち、悔しかった。サラは左手を上げ、左目から流れる涙を拭いた。ウミが聞いた。

「大丈夫？」

「私、もう、みみずとか蛾とかサボテンとかそんなものみたいに、ただ生きてるだけじゃなくて、ちゃんと生きたい。悪いけどオンニ、今日は私、大丈夫じゃない」

サラの言葉がウミの心臓に刺さった。胸が痛み、息がぐっと詰まり、ウミはあわてて二人に背を向けた。ウミがよろよろと花ばあさんの家の玄関に入っていった後になってやっと、ジンギョンは下唇を嚙みながら震えているサラに近づいた。言うべきことがあった。もうちょっとだけがまんしてくれと、今、他に隠れる場所を探しているからちょっとだけ待ってとトギョンに伝言を頼みたかった。メモを渡すのは危険だし、サラに電話するのも訪ねていくのも不安で、偶然に出くわすのを一日じゅう待っていたのだ。だが、こんなふうに会ってしまったうえ、ウミの方に先に大丈夫かと声をかけてしまった。ジンギョンはとても言葉をかけることができず、サラの肩を両手でしっかり支えた。サラはすすり泣きかため息かわからない息を吐きながら言った。

「私に話があるんだろうけど、わかってるけど、後にしてね」

身勝手な自分が情けなく、その情けなさをさらけ出してしまって合わせる顔がなく、ジンギョンはそっと手を引っ込めた。

*

深夜の騒動が収まってやっと気持ちを静めたサラが床についたのは、夜中の二時だった。毎日最高気温を更新している夏の真っ盛りなのに、不思議なことに暑いという気がしなかった。むしろ胸の中から細かい震えが広がり、ふとんを首まで引っ張り上げた。自分のそばをすり抜けてウミに駆け寄ったジンギョンのことを考えた。氷が溶けて流れていくように記憶が少しずつ崩れ落ち、サラの頭の中でジンギョンの表情はくるくると変化した。驚き、あわて、心配し、切なげになった。明らかに特別な感情のこもった顔だった。ウミに駆け寄ったジンギョンの心境はどういうものだったのか。あれはどこから来ているんだろう。なぜ、私にではないんだろう。

　サラは寝床から起き上がり、ドレッサーの前に座った。右目を眼帯がおおっている。サラは洗面するときだけ眼帯を取るが、洗面台から鏡を外してしまったので、眼帯を取った自分の顔を見ることはほとんどない。眼帯を手探りしてみた。耐えられるだろうか。受け入れられるだろうか。薄気味悪い路地で後ろを振り向くこと、不審なドアをあえて開けてみること、まだ癒えてないかさぶたをわざとはがすことに。やめておいた方がいいとよく知りながら、確認したくなった。

　右の耳にかけたゴムひもをはずすと、眼帯がするっと頰をすべり落ちた。肌。ただの白い肌。何の凸凹もない、頰や額と変わりのない肌。ほの白くすべすべだった。サラは化粧品ボックスからアイブロウペンシルを取り出し、目があるべきところに芯の先を当てた。左目を丸く見開き、鼻筋を中心として左右対称になるよう線を引いていった。大きな目、何重にもなったまぶた、長くて少ないまつ毛、はっきりした瞳。目をぱちぱちさせてみたが、新しくできた目は目ばたきしない。輝きとともに濡れていく青い瞳一つと、永遠に閉じない、恐ろしく濃い灰色の瞳一つ。焦点のない目がかっと見開いて空中をにらんでいる間、もう一つの目はぎゅっと閉じたまま涙をこぼした。

首に貼ったばんそうこうの表面に血が染み出していた。サラが抗議するようにばんそうこうをべりべりはがすと、肌が引っ張られ、かろうじて噛み合っていた傷口がぱっと開いた。傷の端から血のしずくが、ぽた、ぽたと落ち、シャツを濡らした。

「私が悪いんじゃない」

泣き声のように呻きのように、サラは突然言い捨てた。手の甲で右の目をむやみにこすって消した。顔の半分が痣のように真っ黒になったころ、やっと涙が止まり、そのときトギョンがいないことに気づいた。ぱっと立ち上がり、玄関のドアノブをつかんで回してからどきっとした。知らせることはできないのだ。助けを求めることはできない。サラは転がった靴の間に力なく座り込んでしまった。

サラはカーテンの向こうが少しずつ明るくなってくるころ、ちらっと眠りにつき、すぐに目が覚めた。頭が痛く、ベランダで風に当たった。ガラス窓を端まで開けたが風が感じられず、網戸まで開けた。風向きが問題なのだった。風は家の中に吹き込まず、窓をかすめて通り過ぎていく。その風が頬を軽く撫でてくれたら気をしっかり持てそうな気がして、サラは頭をちょっと突き出したが、そのまま折れた手すりもろとも落下した。サラ自身も状況がよく思い出せない。確かに、何も考えずただ手すりにもたれたのだ。幸いひじとあごに痣ができただけで、他にけがはしていないようだったが、体の中のどこかがずっと不快にずきずきし、痛みの正確な位置がわからなかった。

サラはゆっくり階段を上り、七階のジンギョンの家のドアをたたいた。いくらたたいても返事がなく、サラが「オンニ」と言うとドアが開いた。あごが紫色になってぱんぱんに腫れたサラを見て、ジンギョンが驚き、聞こうとすると、サラが先に言った。

「トギョンさんが昨日の夜からいなくなった」

自分から出ていったのか、誰か侵入して連れていったのか、トギョンがいないことをいつ知ったのか、そのとき家はどんな状態だったのか、ジンギョンは知りたかったが尋ねなかった。

「あんたは大丈夫？　その顔、もしかしてトギョンのせい？」

サラは目を伏せてあごを撫でながら首を振った。

「ううん。これはただ、自分でけがしたの」

ジンギョンは無意味に指先で壁をいじり、サラはそんなジンギョンをぼんやりと見ていたが、言った。

「ごめんなさい」

「すまないのは、私でしょ。ごめんね……」

サラが急に涙をぽたぽたこぼした。あわてたジンギョンがサラの涙を拭いてやろうと手を伸ばすと、サラは反射的に眼帯を手でおおって後ずさりした。ジンギョンはさらにあわて、手を振って否定しながら、そういうことじゃないよとつぶやき、サラも眼帯を触り、涙を拭き、また爪をむしりながら、いたたまれないように言った。

「私たち、悪いことなんかしてないのにどうしてお互いすまながるのかな？　私に本当にすまないことしてるのは誰？　誰も私に謝らないよ。それが誰なのかもわからないし。だから私、このごろ悔しくてしょっちゅう涙が出る」

ジンギョンには過ちがあった。サラに対して申し訳なく、だからごめんなさいと言おうとしたが、サラをまた泣かせるかもと思って口をつぐんだ。

201号室、マン、三十年前

人々は指を組み合わせて手をつないでいた。すぐ前に立っている人が仲間なのかそうでないのか見分けがつかないほど真っ暗な夜中だった。雲に隠れているのか月は見えず、たまに星が出たが海に映るほど明るくはなかった。息を殺したように暗い船着場の明かりが、黒い夜の海にちらちらして水の色を濁らせていた。頼りない光は水面にはっきり反射せず、ぼんやりとしみ込んでいた。家族を、恋人を、同僚を見失わないよう、互いの手をぎゅっと握り合った人々は、卵を破って出てきた昆虫や両生類の群れのように、曇った光を目指していっせいに押し寄せた。固い敷石を踏む用心深い足音、知らないどうしの肩と肩が触れ合う音、うろたえた呼吸、こらえきれずに漏れてくるすすり泣き。海辺はだいたいにおいて静かで、赤ん坊たちも泣かなかった。

小さな貨物船一艘が、月曜日の夜中になるたび、貨物より大勢のタウンの人々を乗せて本国へ出発していた。追放刑を受けていたり、受けることが明らかだったり、すぐではなくともいつか追い出されそうな人々だ。唯一この船だけが、何の入国手続きも経ていなかった。バスに乗って家の前の停留所で降りるように、汽車に乗って故郷の駅で降りるように、そんなふうに自然に船から降りればいいのだ。タウンと本国の間にどんな合意があったのかわからないが、月曜日の明け方まだ暗いうちに出発する小型貨物船は、何の条件もつけず、タウンの住民になれない人々を本国の港に連れていってくれた。

船が船着場から遠ざかると、乗客はそれぞれ適当な場所を探して体と心を落ち着けた。何が入っているのか想像もつかない巨大なコンテナにもたれてある者はタバコを吸い、ある者は泣き、ある者は生まれたばかりの赤ん坊に乳を飲ませた。

甲板の上から見えるのは黒い海だけだった。投げやりに置かれた荷物のように、適当に散らばって夜中の海を見おろしていた者たちは、そこが海の上だということが実感できなかった。波が全然なく静かで黒い海は、巨大なゼリーのように見えた。手すりの向こうに何かを落としたら、ポンと軽やかに跳ね返ってきそうだった。だが、そんな平和な水面の下では数億年の秘密を抱えた深海生物が泳ぎ回り、知能のない巨大な食虫植物が口を開けてえじきを探し、竜巻が渦巻き、火山が爆発して山がそそり立ち、地面が割れていた。普通の人には見当もつかない水深。どんなに下へ、下へと降りていっても永遠に爪先が届かない深さ。

人々はうとうとしはじめた。周囲がちょっと明るみかけてはいたが、まだ太陽が水平線上に現れる前だった。そして船は消えた。


船が消えたことが知れわたるまでには長い時間がかかった。乗客はみなこっそり船に乗った人々で、家族が待っていないケースが多かった。出航記録もなかった。その日、その明け方にその港を発った船は、公には存在しなかった。海は静かで晴れていた。潮の流れが激しかったわけでもなく、海賊が出没する海域でもなく、三、四時間で着くほどの近距離だった。しかし船は跡形もなく蒸発した。

本国のマスコミが失踪疑惑を何度か報道しておしまいだった。何の証拠もなかった。行方不明者は一人も発見されず、コンテナ一つ、船体の破片一つ、救命胴衣も救命ボートも、乗客や船員が着ていた、手に持っていた、しまっておいた服や生活用品一つ浮かんでこなかった。月曜日の早朝に本国へ向かう船があったという事実、船着場の明かりさえ控えめだったという事実、つなぎ合う冷たい手があったというその明らかな事実は徐々にぼやけていった。疑問を抱いていた者たちさえ、夢か勘違いだったのだろうと疑問符を自分に向け直した。切実だった思いは、取るに足りないデマのように風のまにまに散っていった。

すべてが完璧に消えた後、タウンに正体不明のビラが貼り出されるようになった。黒い画用紙の真ん中に、白い紙で折った船。そしてたった一行「船はどこへ行ったのか」。

国会前の通りの街路樹に何百枚も貼られたのを手始めに、翌日には放送局の塀に沿ってビラの帯がめぐらされ、その翌日には繁華街の地面に誘導ブロックのように並べて貼られていた。裁判所、刑務所、大学、船着場……。毎日新しい場所に同じビラが群れをなして現れた。ビラは夜のうちにゲリラ的に貼られるので、官公庁の朝一番の業務はビラを探してはがすことだった。船が消えたという噂が広がった。捜索願を出す人々が列をなした。家族、友人、同僚の所在を確認しようとする者たちによって警察や官公庁、本国の臨時領事館は悩まされたが、どこへ行ってもどうやっても、それはわからずじまいだった。

違法ビラへの処罰が強化された後も、ビラは続々と貼り出された。それを貼っているのは一人なのか、最初のビラを貼ったその人なのか、または別々に動いている人々なのか、組織された人々なのかはっきりしないまま、ビラは粘り強く貼られつづけた。

紙の船を折ることを禁止する法律が制定されたといわれた。ある幼稚園で、壁面に海の絵を描き、そこに紙船を貼る授業をした教諭と園長が罰金刑を受けたといわれた。教諭は授業意図を弁明しなくてはならず、警察の捜査は高圧的であり、侮辱されたと感じた教諭が自殺を試み、ある総合病院に入院したという。病院の名前も噂となって広まった。すべて、事実ではなかった。紙船禁止法など制定されていなかった。重要なのは、そんな法律はないという事実ではなく、紙船禁止法とか幼稚園教諭の罰金刑といった噂がそれらしいこととして受け入れられたという事実だ。

紙船禁止法は事実無根であり、根拠のない噂を広める行為には厳罰をもって臨むという総理団の広報官による発表があった日、最初の紙船ビラの流布者が捕まった。五歳の娘一人を育てている平凡な主婦だった。夫は大学で事務職についており、同じ大学に通う弟がいた。両親が年を取ってから生まれた、十歳も若い弟だ。両親は二年前に引退し、飛行機で六時間かかる暖かい国に移住したので、以後、姉が弟の保護者の役割を務めてきた。

弟はタウンの突然の変化に耐えられなかった。姉は、同じ場所で同じ人たちが同じように暮らすのだから何も変わらないよと言い、あまり心配するなと冷静に弟をなだめた。弟は絶望したようにうつむいて言った。

「何か起こりそうだとか、誰かにひどいことをされそうだとかって意味じゃないんだ。単に、僕がここで生きていけない人間なんだよ。えらがないのに水中で生きることはできないじゃないか。たとえその水が清潔であったかくて、安全だとしたって、そうだろ。もともと生きられないんだから」

そしてその日、その時間、その船に乗った。

あなたが最初の流布者かという質問に、彼女はわからないと答えた。

「自分でやったことがなぜ自分でわからないんです？」

「私が紙船を折って貼ったのは事実です。でも、私が最初だったのか、広めたのかどうかは私にもわかりません。私はただ、どうしてもいたたまれなくて国会の前に一つ貼ったんです。それだけです」

調査官は、折り目が擦れてびりびりに破けそうになった紙船を彼女の目の前に差し出して聞いた。

「あなたが折ったものですか？」

「わかりません」

「あなたが折ったものかどうか、なぜわからないのですか？」

「特別な折り方なんてないでしょう。今、道に出て誰でもつかまえて折ってみろと言ってごらんなさい。みんなこんなふうに折るわ」

女の赤くひび割れた手と、傾いた肩と、怒ったように噛みしめた唇。調査官は一瞬めまいを感じた。なぜこんなに堂々として、動じないのか。本当に知らないのだろうか。ここがどこで、今、何が起きているのか、これから自分がどうなるのかを。

「船はどこへ行ったんですか？　その人たちは？　私の弟は？　どうしてみんな口をつぐんでいるんですか？」

「しっかりしてください。あなたまでどこかに行きたいんですか?」

彼女はすぐに拘束され、即決裁判を経て二か月後に死刑を執行された。


混乱と不安の時期だった。多くの市民団体が、タウンで起きていることへの憂慮と抗議の意思を不断に表明し、それによって団体は存続の脅威にさらされた。そのころ、最も歴史が長く、信頼されている市民団体の代表が殺害されたが、内部での対立による抗争事件として捜査は終了した。誰も捜査結果を信じていなかったが、誰も疑惑を提起できなかった。そして、この平凡な一人の母親の死によって、ぐっと抑えつけられていた市民感情が爆発した。

怒れる者たちは街頭に出ていった。うつろな心とバランスを逸した体がタウンの随所をさまよった。よく似た切迫感、罪意識、憤怒が凝集すると、そこに自然と重力や磁力のような一定の動きが生まれた。心が体を動かし、また別の心が動く。家族を失わなかった人々も街頭に出た。これが後に「蝶々暴動」と呼ばれた。

L2やサハだけでなくタウンの住民までがこぞって国会入り口の八車線道路を埋めた。総理団を公開せよ。住民資格を制限するな。特別法を廃止せよ。人々は国会の塀を押した。百人ずつで列を作り、号令に合わせていっせいに走っていって壁に体をぶつけた。そして次の列、また次の列、次の列……。壁にぶつかった者たちは群れの最後尾に回ってまた合流し、夜っぴて壁を押した。人々の肩には痣ができ、国会の塀だけでなく近隣の街路樹や建物までが揺れたが、塀はついに倒れなかった。

夜が更けて、絶望と疲労と実際の苦痛が混ざり、デモ隊にはぐったりした空気が広がった。隊列は目に見えて小さくなり、号令は力を失った。塀に向かっていく人々のスピードも落ちた。そのとき、古い紺色のトラックが一台、デモ隊の端に乗りつけると何かをおろして走り去った。棒を組み合わせて人の形を作り、仮面をかぶせた七体のかかし人形と、会長と総理団の広報官の写真、国会の模型だった。デモ隊はにわかに興奮した。約束していたように人形と写真を持ち上げ、きわめてすばやく頭上を送り、人波の真ん中に投げ出すように積むとライターが擦られた。

火がちゃんとつかず、黒い煙だけがまるで噂が流れ出すときのように立ちのぼり、一瞬ぱっと炎が立ち上った。炎は人々の頭上に爆発するように一度広がってから沈んだ後、めらめらと燃えつづけた。国会の模型の材料である紙のせいか、人形の材料であるわらのせいか、炎と煙の間で灰がひらひら飛びかった。小さな蝶のようだった。

北側の空の向こうから消防署のヘリコプターが列をなして飛んできた。ヘリコプターは国会の塀に沿ってゆっくり一度旋回し、デモ隊の頭上に水を散布した。脅威になるほどの大きな炎ではなかったにもかかわらず散布した。灰の蝶たちは濡れて重くなり、地面に沈み、あたりをすっかり真っ黒な水たまりにした。大混乱に乗じて、大きな棍棒を持った警官たちが次から次へと駆けつけてきた。非常に多くの人々が負傷し、また死んだ。若い男性が棍棒に打たれ、飛び出した片方の眼球を探して地面を手探りしているときに人々の下敷きになって死んだ。人波はばらばらに散り、学校と病院と十字架が倒れ、きわめて平凡な人生たちが潰(つい)えた。その残骸の上にタウンは、深く、しっかりと根をおろした。

人々は極度の混乱と不安、恐怖を説明するとき、蝶々暴動にたとえた。よりによってなぜ蝶々だったのかは誰も知らない。炎によってゆらゆら舞い上がっていた灰が蝶々のようだったからともいわれ、あの日の羽ばたきがタウンとタウンを越えて外国まで台風をもたらしたためだともいわれた。

蝶々暴動の導火線になった女性の夫については、それ以上何もわかっていない。娘を殺して自殺したという話もあり、やはり特別法によって処罰されたという話もあったが、いずれも公式に報道されたものではなかった。


若い調査官は女性の死刑が執行された日、外回りの途中でタクシーに轢かれた。タクシー運転手は調査官が意図的にタクシーに飛び込んできたと主張した。車道に一歩出ていたところを見ればタクシーをつかまえようとしていたようではあったが、手を上げもせず、じっと見ているだけだったので、確信が持てなかったという。運転手が端の車線に入ってからも完全にスピードを落とさなかったのはそのためだった。調査官も自分の過失だったと陳述し、運転手は処罰を受けなかった。調査官は生命に支障はなかったが足を大けがし、ちゃんと治療をしなかったので、一生足を引きずることになった。

＊

サハマンションに、ものを言えない男性一人とあまりものを言わない女の子がやってきた。人のよさそうな顔をした男性は管理室のドアをたたき、ぺこりと頭を下げてあいさつした後、「ここに住ませてください。お願いします」と書いたメモ用紙を差し出した。文の中身にくらべて大きすぎるメモ用紙で、インクが切れたのか、途中で文字の一画が途切れ、何度も重ね書きした跡が見えた。字は非常に整っており、書道をやっていたのではと思われた。単にきれいな字、きっちりした字という程度ではなく、印刷されたような典型的な達筆。六、七歳に見える女の子は男性をパパパパと呼んだ。パパと一度呼ぶのではなく、いつもパパパパと言った。

父娘をサハマンションに受け入れるかどうかで住民会議が開かれたが、なかなか結論は出なかった。幼くて口数の少ない子どもと、もともと話ができず手話も使えない大人は、自分たちが誰なのか、なぜ、どうしてここに来ることになったのかうまく説明できなかった。サハマンションの最年長者であり住民代表である201号室のワンばあさんが、二人を向かいに座らせて冷静に尋ねた。

「お父さん、家族は子ども一人ですか？」

男性は紙にきれいに、しかしとてもゆっくりと文字を書いていった。私の娘と私をここに住ませてください。お願いします。

「うん、だからねお父さん、二人だけかと聞いてるの。家族は二人なのかって」

するとと男性はまたゆっくり書いた。はい、ありがとうございます。こんな感じで食い違った会話が何度も行き来し、ワンばあさんはため息をついて子どもに聞いた。

「おとうちゃんと二人なの？」

「はい、パパパパと二人で暮らしてます」

「ママは？」

子どもは口をつぐんだ。他の家族は初めからいなかったの、これまでどこに住んでたの、何をして暮らしていたの、どんな質問をしても答えなかった。子どもは好きな食べものと好きな色と好きな歌をはきはきと答え、手を打って調子をとりながらその歌を歌い、大人たちがほめるとありがとうとちゃんとあいさつしたが、名前を聞くと口をつぐんだ。身の上に関するどんな質問にも答えなかった。娘はにこにこ笑うばかりで、父親はそんな娘を感心したように見ているばかりだった。ワンばあさんは、ものを言えない人たちと実際に会うのは初めてだった。そういえば、なぜこんなに年をとるまでものを言えない人、聞こえない人、見えない人に一度も出くわすことなく生きてきたのか、いぶかしいことだった。

サハマンションの人々はジェスチャーと表情で、筆談で、父娘と長い問話をした。そしてはっきりわかったことは二つだけだった。彼らにはものが言えたとしても話せない事情があることと、ここ以外に行き場がないということ。そして確信はできないが推測のつくこともあった。純粋な人たちだということ、気の毒な人たちだということ、一緒に暮らしても問題を起こしたりしない人たちだということ。二人は２０５号室の鍵をもらった。

父親は出かける際にはずっと娘を抱いていた。歩き慣れていない赤ちゃんでもないのに、娘はもうかなり長くなった足をぶらぶらさせて、あえて父親に抱かれていた。マンションの大人たちはてんでに声をかけた。こんな大きい子をなぜ抱っこしてるのか？　そろそろ一人歩きさせないの？　苦言を呈されても父親と娘はさわやかに笑い、その後も抱っこが続いた。

二人はよく、中庭の小さな遊び場でシーソーに乗っていた。父親は娘をシーソーに座らせ、反対側の座面をそっと押してから離した。クッと押しては離し、またクッと押しては離し、そうやって何度かくり返し、慣れたころにはもう少し速くクッ、クッ、クッ、クッと押した。微笑していた娘は上の前歯をすっかり見せてにっこり笑った。次は足でカンカンカンとシーソーを蹴った。シーソーがゆらゆらすると娘の小さな体が揺れ、不規則に飛び上がった。娘がきゃあきゃあ笑って体を傾けると、父親も口を大きく開けて笑った。

「シーソーがそんなにおもしろいかい？」

管理室の男が、けちをつけているのかほめているのかわからない一言をかけて通り過ぎた。父娘はにっこり笑うだけで、何も言わなかった。

二人はよく絵も描いていた。娘は、ここの人たちの誰も持っていないプロ用色鉛筆五十色セットを持っており、父親はその色鉛筆と美術用画用紙、画用紙を支える固い画板、やわらかくて濃い美術用鉛筆と消しゴムを持って娘について歩き、絵を描くのを手伝った。娘が遊び場の入り口の前、表示板の前、玄関の入り口や庭のすみなどどこにでも陣取って座ると、父親がその前に使いやすいように道具を並べてやった。娘は目を細めて注意深く風景を観察し、鉛筆で大きさを見積もった。けっこうそれらしい表情をしていたが、絵の実力は同年代の子と同レベルだった。

　サハマンションの暮らしに慣れると、父親も他の人たちと同じようにお金を稼ぎに出かけた。隣の部屋の男が紹介した物流倉庫だった。コンテナにいろいろな会社の荷物が一度に運び込まれると、その荷物をそれぞれの倉庫に移動させる仕事だ。分類した荷物をトラックに積み込み、またそれぞれの倉庫におろせばいいのだが、トラックと倉庫の大きさが限られているので、手当たり次第に積み込んだり一度にぶちまけたりしてはいけない。ブロックを積むように、荷物をすき間なくきちんきちんと、だがきわめて早く出し入れしなければならなかった。体を動かしながら残った空間を目で観察し、頭で見積もり、適切な場所を選ぶのだ。仕事を終えると、体が疲れるだけではなく精神が朦朧とした。

　両親が働いている間、残された子どもたちは201号室のワンばあさんと住民たち何人かが世話をした。住民代表としてお金はもらっても何もしてないんだから、子どもの面倒でも見るよとワンばあさんが進んで引き受けているのだった。だが、年取ったワンばあさんが一人で大勢の子どもの面倒を見ることは不可能だった。その日仕事のない人たちが一緒にごはんを食べさせ、絵の上手な人は絵を、字の上手な人は字を、計算の上手な人は計算を教えた。子どもたちは年齢も認知能力もばらばらだったが、むしろ互いに助け合って仲良く過ごしていた。

２０５号室の子は特に手のかかることはなかった。静かに一人で絵を描いている時間が長かった。自分より小さい子たちが絵をだめにしたり、色鉛筆を折っても怒らなかった。遊び場と決められたところでだけ遊び、特に何も要求せず、サハマンションの大人たちが出してくれるごはんを出されるがままに食べた。出勤する父親の気持ちも、子どもの日常も平穏だった。だが、事故が起きた。その日に限って物流倉庫に入ってくる車が多く、ちょっとぎりぎりの場所に車を停めるしかなかった。よりによって運転手の技術も未熟だったので、父親がトラックの後ろで位置を見てやらなくてはならなかった。ものを言えない父親はトラックをドン、ドンとたたき、ジェスチャーを送って駐車を助けたが、運転手は緊張しすぎていて音が聞こえなかった。ドン、ドンという音がドンドンドンドンドンドンに変わり、そして止まった。

子どもはやっと六歳だった。一人では生きていけない。どこをどう見渡してもこのマンションで、この子と一緒に暮らすだけの時間と空間の余裕がある人は２０１号室のワンばあさんだけだった。ばあさんは困惑していた。３０４号室の双子のきょうだいの母親が、ワンばあさんを説得した。

「一緒にやりますよ。うちが連れてって遊ばせて、ごはんも食べさせてお風呂にも入れて、字も教えて、全部やります。でも、寝るのは一か所でないと。子どもの立場から見て家族だと思える人が一人ぐらいはいないとね」

ワンばあさんは顔を上げて空中を見ながら八、九、十、十一、十二、十三、十四まで低い声で数え、七年もあればいいか、とつぶやいた。

「しんどいとかそういうのじゃないんだよ……私が先に死ぬことははっきりしてるだろ。あんな小さい子に、一緒に暮らす人の死に目に二度もあわせられるかい」

誰もそれは考えていなかった。みんなが二の句を継げずにいると、ワンばあさんが心を決めたようにゆっくりうなずいた。子どもは荷物を持って、ばあさんが住んでいる201号室にやってきた。ワンばあさんが荷物を片づけている間、304号室に行ってきょうだいと遊び、その母親が作ってくれた夕ごはんを食べ、入浴して、201号室に帰ってきた。

「これからは、ここがあんたの家で、私があんたのおばあちゃんだから、この部屋で私と一緒に寝るんだよ。わかった？」

「はい、ありがとうございます」

よく知らないおばあさんと暮らすのは嫌だと言わないのも、パパに会いたいと言って泣かないのもまあいいとして、ありがとうまで言わなくてもいいのになあ。ワンばあさんはこの子があんまりしっかりしすぎていることが気になった。だが、マンションの人々が買ってきてくれた新しい服と布団を広げて見せてやると、子どもはその中から黄緑色のチョッキを持っていき、顔をくっつけてにおいをかいで喜んでいた。やっぱりまだ子どもは子どもなんだなと思って、ばあさんはちょっとほっとした。

慣れない寝床で居心地が悪くないか、ひょっとして自分の体から変な匂いがしないかと気になって、ばあさんはなかなか眠れなかった。布団がばさばさ音を立てないように気をつけて寝返りを打ってみると、子どもはもう口を大きく開けて眠っていた。ばあさんはそれでようやく緊張がほぐれ、眠気が襲ってきた。子どもか子犬を抱いているのだが、それがしきりに懐から滑り落ちて地面に落ちようとする夢を見て、それが夢だとわかった瞬間ぱっと目が覚めた。すすり泣く声が聞こえた。背中を向けて寝ていた子どもの小さな肩が小止みなく震えている。ワンばあさんが体を半分起こし、顔を近づけてみると、子どもは両手で口をふさいで泣いていた。こんなに小さな子がこんなに悲しげに泣くなんて。ばあさんは子どもを抱いてやり、自分も一緒に泣いてしまった。

ばあさんの懐で子どもはまた寝ついたようだった。と思うとすっと目を開けて手を差し伸べ、ばあさんの顔を撫でながら言った。

「私の名前は「マン」です」

「とってもきれいな名前だねえ」

「ありがとうございます。パパが、誰にも言うなって、言ったら大変なことになるって言ってたけど、もう私の名前を知ってる人が誰もいないから、おばあちゃんにだけ言います。おばあちゃん、私の名前はマンです。二人でいるとき、ときどきそう呼んでください」

「わかったよ、マン。もう遅いから寝なさい、マン」

「ありがとうございます」

目をぎゅっと閉じた子どもの薄いまぶたの中で、瞳があちこちへ動いているのがすっかり見えた。ばあさんは、ありがとうございますって言うのをちょっとやめてくれたらいいのにと思った。

ワンばあさんは七年後、マンを残して死んだ。最善を尽くして生き抜いた結果だった。前日の夜マンと枕を並べて眠ったばあさんは、朝になっても起きてこなかった。寝ていた姿そのままの平和な顔だったが、マンはばあさんが死んだことにすぐに気づいた。あわてもせずに一階に降りていき、管理室の男に知らせた。ワンばあさんが心配していた通り、まだ幼いマンはもう一度死を経験することになった。マンは予想外に毅然としていた。気の毒でおろおろする大人たちをかえって慰め、ばあさんと暮らしていた家に一人で住むと言い、そうできるし、そうしたいと言った。ワンばあさんの家だった２０１号室はばあさんとマンの家になり、マンの家になった。

寂しくも怖くもなかった。ばあさんがためこんだ予想もできない品物が、家のあちこちから飛び出してきてはマンを喜ばせた。トイレの収納棚の奥から、外でトイレに行くたびに隠して持ってきたトイレットペーパーの束が出てきたときも、台所の棚からいきなり、ボタンなどがぎっしり入ったガラスびんが出てきたときも、料理の出前のちらしの束を見つけたときもマンは笑った。ばあさんは一度も出前をとって食べたことなどなかったのに。金釘(かなくぎ)流の間違った字で書かれた家計簿を読んでいき、「マンの冬用ジャンパー、高かった」という項目を見つけたときにはいちばん大笑いした。一度も使わなかった新しいスプーンと箸のセットやタオル、口紅が出てきたときは、ちょっと残念だった。あと一年だけ、いや何か月だけでも、こんなふうに突然おばあちゃんの痕跡に出会うことができたらいいのにと思った。

マンは２０１号室で大人になった。

２０１号室、イア

イアがいなくなったのは夏の終わりだった。

ずっと開いていたベランダの窓が、夜になると一つ二つと閉められた。昼間は相変わらず暑かったが、明け方には、足元で丸まっている上掛け布団を肩まで引っ張り上げてようやく眠れた。イアは春まで分厚い冬用のジャケットを着ていて、夏になってからはずっと、縫い目がほつれた半袖シャツと膝の下まで来る母親のお古の半ズボンばかりはいていた。四季を問わずはいているゴムのサンダルは底がすっかりすり減っていた。肩まである伸びっぱなしの髪の毛は、イアが自分で切ったものだった。

一歳の誕生日をようやく過ぎ、生まれたときのままの髪の毛が目をつっつくほどに伸びると、イアの母親はA棟の美容室にイアを連れていった。二重あごと短い首、むちむちの肩に力を込めてまっすぐに座った様子がかわいくて、若い女性美容師がイアのほっぺたをそっとつまんだ。驚いたイアの瞳が、暗闇の中に入ったときのように大きく開かれた。その視線は母親でも美容師でもなく、窓の向こうのどこかに向けられていた。言葉を覚えるのは早く、ママ、水、パンぐらいは言えたのに、イアは最後まで母親を呼ばなかった。

空中に噴霧された埃のように細かい水滴が四方に散り、イアの細い髪の毛にもかかった。美容師はその髪を軽く櫛で梳き、細い色白な指に操られたきらきらする銀色のはさみがイアのおでこに触れた。するとイアは、人間の声とは思えないほど高い、張り裂けるような声を上げた。けだるい午後の故障したサイレンのように長かった。泣いたとか泣き叫んだとかいう言葉では全然表現できない声だった。以後、美容師と出くわしただけでも、母親がはさみを持って近づいただけでも同じ声を出した。母親はイアの髪を結んでやった。六歳からはイアが自分ではさみで髪を切ったので、いつもぼさぼさ頭だった。

母親に似て背が高く、足が長く、ぱっと見たところ九歳には見えなかった。季節の見当がつかない服装。髪の毛に隠れて見えない目。かかとを上げ、サンダルが脱げそうな、転びそうな姿勢でいつも危なっかしく歩いている子。この子はびっくりしても叫ばず、呼んでも返事をせず、わかっていても話さないのかと思っているといきなり他人の会話に割り込んで間違った表現を訂正したり、出てきた単語を組み合わせて作った新しい文章をつぶやいたりした。他の子どもたちがマンション内の勉強グループの先生に文字や数字を習っている間、一人ですみっこに座って本を読んだり落書きをしたりして、黙って出ていってしまうこともあった。母親はただ、知らないふりをしてくれと頼んだ。

サハマンションの人々は、汚水のようにどろどろとどこへでも流れていくイアをかわいそうに思ったが、知らないふりをした。イアが急に道に座り込んでも知らないふりをした。落ちたものを拾って食べても知らないふりをした。戸締まりしていないドアを開けて入ってきても知らないふりをした。夜遅く、路地から急に飛び出してきても知らないふりをした。配慮だと思っていた。イアの母親が闇より厚いカーテンを閉めて気絶したように眠っている昼間も、へとへとの体で盛り場を転々としている夜も、イアはサハマンションの内外を思うさま歩き回っていた。母親が用意していった食事は冷めて、干からびてしまった。配慮はやがて無関心となった。

口紅のパール成分が鼻にも広がり、それとは不釣り合いに濃いまつ毛はぐっと上向きにカールされていた。ゆうに十センチはありそうなハイヒールをはいて、イアの母親は夢中で走っていた。カンカンカンカンというヒールの音はせわしいノックの音のようだった。静かだったサハマンションがすぐに騒然となった。遅く帰宅して服も着替えないまま、酔ったまま、もしくはまだ目が覚めていないまま、マンションの人々は一緒にイアを探しはじめた。ひときわ大声でイアを呼んでいた管理室のじいさまは声が枯れた。

暑い午後の日差しを全身に吸い込んで、ビルの外壁の清掃と塗装作業をやってきたジンギョンは、疲れすぎてかえってなかなか眠れずにいた。日差しにあたためられて揮発したペンキの成分がまだ肺の中に残っているような、息を飲むたびに体のすみずみに毒が広がるような気分だった。ジンギョンは風にあたりに廊下に出ていき、見たくもないのに夜中の騒ぎを見届けることになった。

四角いサハマンションの建物が、テレビの画面のように感じられた。七階から見る人々は頭が大きく、体が小さくて滑稽だった。出演者が忙しく画面に登場しては消え、また登場しては消えていく無声映画を見るような気分だった。ウミがイアを探しに七階まで上ってきて、廊下の端っこにいるジンギョンを見て、イアなの？　と尋ねた。

「私だよ」

ジンギョンが自分だと証明するようにタバコを吸い込んで火が見えるようにすると、ウミはがっくりうなだれてまた尋ねた。

「えーと、背は百五十センチぐらい、髪が長くてやせてて、あんたも近所でときどき会ってるはず。真冬でもサンダルはいて歩いてる男の子。見なかった？」

「イアでしょ。知ってるよ。今日は見てない」

ウミは大きなため息で落胆を表した。廊下の反対側まで走っていってイアの名を呼び、戻ってきて尋ねた。

「あの子の名前、どうして知ってんの？」

さっきウミが言った通り、ジンギョンはときどきその子と出くわしていた。そのうち二回のことは、絶対に忘れられない。

ジンギョンは夏になると玄関のドアを開けたまま過ごしていた。実際、夏でなくとも701号室は戸締まりされていないことがほとんどだった。初めのうちはよくわからない不安感からちゃんと戸締まりをしていたが、そのくせジンギョンは二回も鍵をなくしてしまい、管理人のじいさまの嫌味を聞きながら非常用の鍵を借りてコピーした後、無理に戸締まりする必要があるんだろうかと考えた。七階の住民はジンギョンとトギョンだけだし、六階も、若い母親が女の子と暮らしている一軒以外は空き部屋だ。じいさまも巡回のとき、ときどき七階は飛ばしたりする。以後ジンギョンは、ドアをきちんと閉めるだけで過ごした。

風が通るよう、ベランダの窓と玄関の両方を開け放して昼寝をしていたジンギョンの夢の中に、聞き慣れた歌が流れ込んできた。すべての罪は我にあり　主の前にひれ伏し請い願わん

許したまえ　救いたまえ……。母がよく口ずさんでいた聖歌だ。六年間、死体のように寝てばかりいた父の葬式で母が歌った歌だ。母の葬式ではトギョンが歌った。

　ジンギョンは逃げ出すように夢から覚めた。見知らぬ人間がいる。年齢も、性別も、本当に生きている人間なのかそうでないのかもわからない何かがベランダに座って、ジンギョンを見ながら歌を歌っている。そして記憶は途切れた。照明のない短いトンネルを通過したかのように、ジンギョンの意識に空白が生じた。我に返ってみると、ジンギョンはその体に馬乗りになってかぼそい首を絞め上げていた。真っ赤に充血して飛び出しそうな目を見開き、唇をわずかに動かし、絶え間なく何か言っている奇怪な顔。ひどく歪んでいたが、ここに住んでいる子だということはわかった。同時に、自分を脅かす存在ではないということも。ジンギョンはつきとばされたように子どもの体から飛びのいた。

　ベランダの床に寝転がったまま、子どもは休みなく唇を動かしていた。さえぎられていた声が少しずつ戻ってきた。ジンギョンが聞いた。

「何でこの歌を知ってるの？」

　子どもは返事をせず、歌いつづけた。

「誰に聞いたの？」

　やはり歌を止めない。ジンギョンは深呼吸して心を落ち着け、とりあえず待った。とうとう歌い終わった子どもは起き上がって座ると、首をあちこちに動かして首すじを手で撫でた。不揃いな長さの髪の毛が右目にかぶさっていたが、子どもはそれをかき上げなかった。ジンギョンがまた尋ねた。

「あんた、誰？」

「イアです」

「ここにはどうやって入ったの？」

「ドアが、ばーって、開いてました」

イアの言葉を証明するかのように、今しもベランダの外から風が吹き込み、玄関を通って抜けていった。風の通り道のちょうど真ん中に座ったジンギョンは背筋がぞっとして、そのときになってシャツが汗でびっしょりであることに気づいた。イアは鼻歌で聖歌を歌いながら玄関の方へ歩いていった。汗が冷えて体温が急に下がったせいか、昔の記憶が呼び覚ます憤怒と恐怖のせいか、ジンギョンはぶるぶる震えながら叫んだ。

「その歌、どこで聞いたの！」

子どもがぴたっと立ち止まり、ジンギョンの方を振り向いて言った。

「お姉さんがよく歌ってたじゃない」

凍りついたようにすくむジンギョンを置いて、イアは無邪気に玄関を出ていった。サンダルを引きずる音ががらんとした廊下に響き、ジンギョンの目からは涙がぽつりと落ちた。ぞっとするような人生の中で伸びてきた記憶の根っこが一本、まだ神経に残っていた。死力を尽くして逃げてみると、逃れようとした者の手をぎゅっと握っている。手をつないでやっていたわけでもないのに、ジンギョンはイアが恨めしかった。

二回めは雨の降る夜だった。何日か前から湿気が高く、雨の匂いと生乾きの洗濯物の匂い、濡れた土の匂いが混じり合って不快だった。ジンギョンは湿気でいっぱいの室内がうっとうしく、いっそのことと思って外に出た。歪んだ傘をさして中庭をうろうろしていると、じいさまがジンギョンを管理室に呼んで、ダージリンティーを一杯出してくれた。

「高いミネラルウォーターでいれたんだから、残さず飲めよ」

ジンギョンは両手でカップを持ち、快い紅茶の香りを味わった。そのとき、一本の傘がゆらゆらとマンションの表示板のところを通り過ぎ、まっすぐA棟に入っていった。たたみもせずに廊下に入っていく傘の下で、四本の腕と四本の足がもつれ合っている。広げた傘が手すりに引っかかると女がやっと傘をたたんだが、ちゃんとたためていなかったのか、弾けるようにしてまた開いた。傘の中の二人がくすくす笑った。女が雨水のぽたぽた垂れる傘を手でまとめると、男は女の手から傘を取り上げて中庭の方へ投げてしまった。二人が鍵の故障している一階のある部屋の中に消えると、廊下の端から黒い影が歩いてきてその部屋の前に立った。イアだった。

カップを急にテーブルに置いた拍子に、まだ温かい紅茶がこぼれて丸く広がり、ジンギョンの手の上にもかかった。一瞬、快い香りが広がった。ジンギョンが濡れた手をズボンの腰のあたりにこすりつけて拭きながら立ち上がると、じいさまがジンギョンの腕をつかんだ。ジンギョンはじいさまがイアを知らないわけはないと思いながらも、もしやと思って言い足した。

「まだ小さいのに。せいぜい十四歳ぐらい？　あんなことさせといちゃだめでしょ……」

白象の会 著　**近藤堯寛** 監修

空海名言法話全集〈全10巻〉

空海散歩第7巻

さとりの風景

空海の名言に解説と法話を付す名言法話全集。第7巻はさとりの境地から見える風景を解説。静寂の果てに心中に開ける、たしかなるものとは何か。
71317-9　四六判　（6月18日発売予定）　2640円

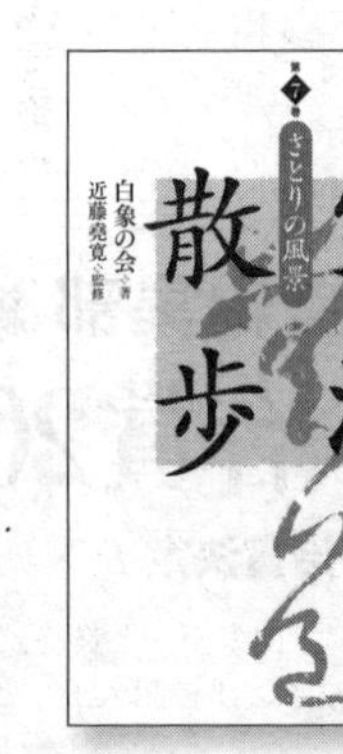

日本政治学会 編

年報政治学2021-I

政党システムの現在

民主主義の危機が叫ばれる今日、政党システムも揺らいでいる。選挙制度、政党組織、政治制度、多角的な観点から探る政党システムの現在地。
編集委員長＝岩崎正洋　86734-6　A5判　（6月18日発売予定）　4180円

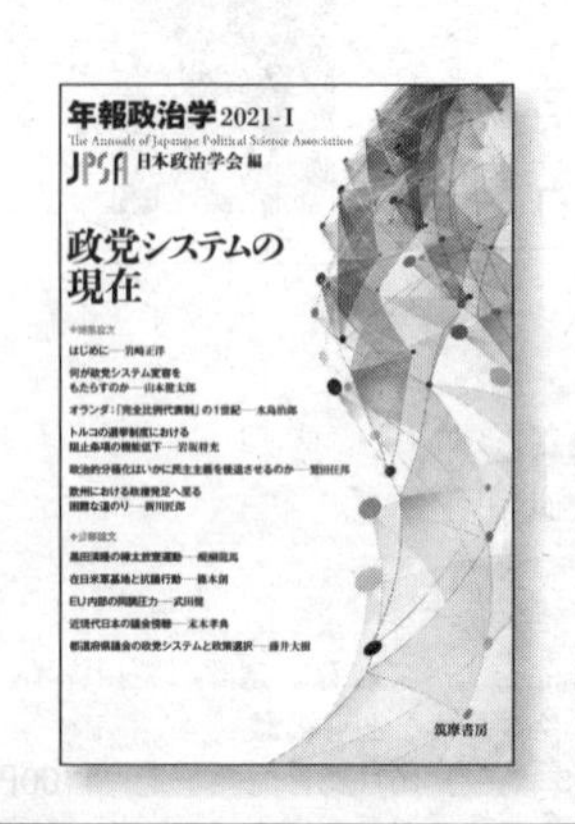

6桁の数字はISBNコードです。頭に978-4-480をつけてご利用下さい。

6月の新刊 ●14日発売

ちくま文庫

水瓶
川上未映子

川上未映子、想像の極点!!

鎖骨の窪みの水瓶を捨てにいく少女を描いた長編詩「水瓶」を始め、より豊潤に尖鋭に広がる詩的宇宙。第43回高見順賞に輝く第二詩集、遂に文庫化！

43735-8
660円

愛についてのデッサン
野呂邦暢　岡崎武志 編

●野呂邦暢作品集

今まで文庫にならなかったことが奇跡

夭折の芥川賞作家が古書店を舞台に人間模様を描く「古本青春小説」。古書店の経営や流通など編者ならではの視点による解題を加え初文庫化。

43749-5
990円

宿で死ぬ
朝宮運河 編

●旅泊ホラー傑作選

瀟洒なホテル、老舗の旅館、秘湯の湯煙……古今東西さまざまな怪奇譚の舞台となってきた「宿」をテーマに、大人気作家たちの傑作短編を一挙に集結！

43746-4
990円

蔣介石を救った帝国軍人
野嶋剛

●台湾軍事顧問団・白団の真相

宿敵同士がなぜ手を結んだか。膨大な蔣介石日記、生存者の証言と台湾軍上層部の肉声を集めた。敗戦国軍人の思い、蔣介石の真意とは。（保阪正康）

43744-0
1540円

輝け！キネマ
西村雄一郎

●巨匠と名優はかくして燃えた

日本映画の黄金期を築いた巨匠と名優、小津安二郎と原節子、溝口健二と田中絹代、木下恵介と高峰秀子、黒澤明と三船敏郎。その人間ドラマを描く！

43747-1
880円

6桁の数字はISBNコードです。頭に978-4-480をつけてご利用下さい。
内容紹介の末尾のカッコ内は解説者です。

好評の既刊

＊印は5月の新刊

45歳の教科書 藤原和博 ●モードチェンジのすすめ
「40代半ばの決断」が人生全体の充実度を決める。元気が湧いてくる人生戦略論。「人生の教科書」コレクション第6弾。巻末に為末大氏との対談を附す。
43748-8 880円

現代マンガ選集 **恐怖と奇想** 川勝徳重 編 戦後マンガ史の〈裏街道〉
43677-1 880円

現代マンガ選集 **少女たちの覚醒** 恩田陸 編 炸裂する記憶と衝動
43678-8 880円

ひと・ヒト・人 ●井上ひさしベスト・エッセイ続 井上ひさし 井上ユリ 編 没後十年。選りすぐりの人物エッセイ
43693-1 990円

母のレシピノートから 伊藤まさこ 伊藤家に伝わる幸せの料理。書き下しを加え登場
43701-3 946円

「本をつくる」という仕事 稲泉連 校閲・装幀・書体……。本の舞台裏はこんなに熱い
43699-3 814円

本土の人間は知らないが、沖縄の人はみんな知っていること 矢部宏治 「大きな謎」を解くための旅に出よう！
43717-4 990円

B級グルメで世界一周 東海林さだお ショージくん流 食の祭典！
43721-1 968円

幻の女 ●ミステリ短篇傑作選 田中小実昌 日下三蔵 編 直木賞作家による幻の〝怪作〟
43715-0 924円

悪魔が憐れむ歌 ●暗黒映画入門 高橋ヨシキ 世界は、イカサマだ！
43707-5 1045円

神保町「ガロ編集室」界隈 高野慎三 伝説のマンガ雑誌の舞台裏
43716-7 990円

おまじない 西加奈子 あなたをそっと支える魔法のことば
43737-2 682円

ふしぎな社会 橋爪大三郎 いちから考える社会学の最良の入門書
43728-0 880円

先端で、さすわ さされるわ そらええわ 川上未映子 第14回中原中也賞受賞 伝説的第1詩集
43734-1 660円

理不尽な進化 増補新版 ●遺伝子と運のあいだ 吉川浩満 養老孟司氏、池澤夏樹氏、山形浩生氏、池谷裕二氏、伊藤亜紗氏、絶賛！
43739-6 1210円

＊**終わりよければすべてよし** ●シェイクスピア全集33 シェイクスピア 松岡和子 訳 全巻ここに完結！
04533-1 1045円

＊**野に咲く花の生態図鑑【春夏篇】** 多田多恵子 野山の植物に学ぶ生存戦略
43740-2 990円

6桁の数字はISBNコードです。頭に978-4-480をつけてご利用下さい。

「九歳だよ」

「知ってるんですか？」

「知らないことにしてるんだ」

女はイアの母親だった。イアは二人が入っていった玄関のドアにもたれて座っていた。目をぎゅっと閉じ、頭を後ろへそらし、足をばたばたさせていた。ちょっと見には、軽快な音楽を聞いているようだった。

じいさまは細かい水滴がくっついてぼんやり曇った管理室の窓を手で撫でた。押されて集まってきた水滴は互いに抱き合うようにして細い流れを作り、涙のように流れ落ちる。窓のむこうのイアは、古い映画の回想シーンのようにぼんやり見えた。日常は映画とは異なり、いつも似合わないＢＧＭがずれたままついてくるのがお決まりだ。イアの耳に聞こえている音の想像がつき、ジンギョンはみぞおちのあたりに痛みを感じた。


イアの母親はイアがいなくなった翌日の夜もきっちり化粧をして出勤した。厚い化粧でも顔色の悪さは隠せなかった。じいさまはイアの母親が不憫だからか、管理の仕事もそっちのけでずっとイアを探し回った。やっとのことで積み上げられていたゴミ袋が倒れ、破れて、中身がぶちまけられ、細かいゴミが中庭のあちこちに散乱したが、誰も不平を言わなかった。昼も夜も夜中も、イアを呼ぶイアの母親とじいさまの声がマンションに響いた。

一か月と少し経ったころ、イアの母親はすっかり酒に酔ってよろけながらマンションに帰ってきた。噂が広がり、みんながイアの母親を非難しはじめた。いくら生き残った者は生きていかなくてはならないにしても、母親がこんなにすぐ飲み歩くなんてというのだった。ほんとはあの仕事だって好きでやってるのかもしれない、かわいそうにあの子は死に損だよ。こうしてイアの母親は一瞬にしてただの酒好き女にされてしまい、イアは死んだものと決めつけられてしまった。結局、子どもは見つからなかった。イアの母親とじいさまを含めたサハマンションの大人たちは、イアをあきらめた。

だがあるとき、しつこかった噂は消えた。イアの母親が朝出勤して夕方に帰ってくるようになってからのことだ。ラッキーだよね、市役所の案内係になったんだって。前に働いてたレストラン、ほんとはレストランじゃなくて飲み屋だけど、とにかくそこでも案内係みたいな仕事をしてたから、似たような業務内容なんだって。イアの母親は運が良いとみんなが言った。イアの母親がこれまで飲み屋で案内係をしていたと信じている人もいなかったが、ただ運が良いだけで市役所の案内係になれたと信じている人はもっといなかった。どんなに運が良くても、サハがタウンの住民になることはできない。単なる運の良いサハというだけだ。その仕事は、サハであるイアの母親ができる仕事ではない。

変わったのは仕事だけではなかった。イアがいなくなった夜、イアの母親はきらきらする紫色のストッキングにしみだらけの銀色のシルクのワンピースを着て、毛玉のできたアニマル柄のスカーフを巻いていた。それと引っかき傷だらけでヒールがほとんど剝げたハイヒール。イアの母親の服装はいつもそんな感じだった。派手だが古く、きれいだが調和していない服とアクセサリー。だが、市役所に出勤するときのイアの母親は完全に別人だった。体の線が適度に出る紺色のスカートとジャケット、その中には青みを帯びたシルクのブラウスを着て、光沢のない透明なストッキングをはいていた。つま先のとがった黒い靴には小さなかわいらしいリボンがついていた。地味だがこざっぱりとしており、物足りないがきちんとしていた。

サハマンションの入り口までタクシーで帰ってくる日も多かった。タクシー料金はひどく高いので、タウンの住民でもタクシーに乗ることは稀だ。サハたちはもちろん、タウンの住民にとってさえ思いもよらないことがイアの母親には日常的に起きていた。ジンギョンはイアの母親のことをとても不思議に思ったし、こんな不思議なことが大っぴらに起きているのにむしろ噂が沈静化したことは、もっと不思議だった。


水タンクを二個載せた手押し車が引っかかって前に進めずもたもたしているイアの母親の後ろに、ウミが腕組みをして立っていた。細長いヒールが右に折れてイアの母親が大きくよろけるとウミがすたすた近づき、手押し車を奪い取って先に立った。ジンギョンは二人を注視した。すっかりうつむき、唇を噛みながらウミの後について歩いていくイアの母親の姿がなぜか気になり、目が離せない。ウミが先にA棟201号室の前に着き、手押し車を置いて振り向くと、イアの母親が遅ればせながら、ウミの後ろ姿に向かってありがとうとあいさつした。

知らんぷりをしてタンクに水を汲んでいるジンギョンに、ウミが近寄ってきて尋ねた。

「どうして？」

「何?」

「私がイアのママに何かしそうに見えた?」

「何でそう思うの?」

「だってさ、そうでしょ」

ジンギョンは返事をしなかった。今度はウミが聞くともなく言った。

「私のこと、疑ってただろ。心配したんでしょ」

「そうじゃないけど……ただ、変だと思って。イアがいなくなって大騒ぎしたのがたった何か月か前なのに、イアはまだ見つかってないのに、あんたもイアのお母さんもみんなも、あんまり何ともないみたいだからさ」

ジンギョンはじいさまがおかしなことを言うのを聞いていた。行くところまで行った、サハマンションはサハマンションの人によって壊されるだろう、親が子を売り飛ばしたと。じいさまはそこまで言って口をつぐんだが、ジンギョンはそれがイアの母親のことだとわかった。もうイアを探すことはあきらめたのかと聞くと、じいさまはこれ以上無駄な努力はしないよと言った。ジンギョンはウミにも同じ質問をし、ウミは下を向いてちょっと考えていたが、こう答えた。

「それは私が決められることじゃないでしょ」

「じいさまが、何か知ってるみたいだったんだよ」

ジンギョンの言葉に、ウミはくすっと笑うと同時にため息をついた。

「変だなって、ちょっと思ったこともある。私だったらね。もしも私だったら、夜遅く家に帰ってきて小さい息子がいなかったら──それもイアみたいな子がね──あんな、夢中で動き回ってても、不思議なくらい必ずお母さんより先に家に帰って待ってた子がいなかったら、すぐに裸足で飛び出したと思うんだ。でもあの夜、イアのお母さんはすっごくヒールの高いサンダルはいてた。それも、足首のリボンまできっちり結んでさ」

ジンギョンは頭の中に、あの夜のあの場面を描き出してみた。疲れた肩からワンピースの肩紐がずり落ち、古いスカーフはひん曲がってほどけかけたままで、イアの母親は息子の名前を呼びながら玄関へ入っていく。明かりの消えた家の中は涼しい。人の気配がない。母親はあわてて部屋のドア、トイレのドア、たんすまで開けてみるが子どもはいない。イアを呼びながら玄関へ飛び出した母親の目に、かかとのつぶれたスニーカーと、片方ずつ転がったつっかけと、きらきらするサンダルが見える。イアの母親はかかとの高いサンダルに小さな足を突っ込み、落ち着いて足首についたひもを引っ張り、リボンの形に結び目を作る。

「何考えてるの？」

ウミの声が、あの夜のことを考えつづけていたジンギョンを現在に連れ戻した。ジンギョンは何でもないという意味で首を振った。ウミは一度伸びをして、顔の筋肉を全部引っ張ってにっこり笑った。

「あんまり深刻に取らないで。ただ、ちょっとだけ一人で考えてみたんだ。誰にもわからないよ。誰も知らないんだ。３１６号室のことだってそうなんだ。どうしてあの女の人が死んだのか、本当に死んだのか、私たちの誰も知らないんだ。ほんとに不思議だよね？　あんなに噂がいっぱい出回ってたのに、今は誰も何も言わないんだもん。どうして私たちは、秘密のある人を怖がるようになったんだろう？」

だからみんながあんたを怖がるんだよね。ウミの大きな前歯と、すっかりむき出しになった歯茎を見ながら、ジンギョンもちょっと一人で考えてみた。

＊

スーが死に、トギョンが消えたのに、ジンギョンには何もできなかった。無力感が湧いてくるたび、ジンギョンはイアを思い出した。あのときジンギョンはマンションの他の人みたいにむやみにイアの母親を非難はしなかった。だが、自分が抱いた筋の通った疑問さえ暴力だったことに、後で気づいた。

ジンギョンはトギョンがいないことを知りながら公園に上っていき、スーが働いていた小児科とサラが勤めているカクテルバーを訪ねた。拘置所の固く閉まった厚い鉄の門を空しく見つめた。国立中央産婦人科病院や第一保育園、国会、新聞社、放送局の近くもうろうろしてみた。そうやって毎日、タウンのあちこちをさまよった。

サハマンションに帰ってくると、右足が足の裏からかちかちにこわばってきた。とても七階まで上れる自信がなく、畑の前に座ってタバコを吸った。煙を二回ぐらい吐き出したとき、後ろに人の気配を感じた。イアの母親だった。ジンギョンはあわててタバコを地面に捨ててもみ消した。

「すみません。いらっしゃるの知らなくて」

「いいんですよ。大丈夫です」

しばらく暗闇の中で相手に向き合っていたジンギョンは、頭を下げてあいさつすると向き直った。

「あのー！」

イアの母親がジンギョンを呼んだ。ジンギョンは立ち止まってイアの母親の方を振り向いた。イアの母親を近くで見るのは初めてだ。首が伸びた半袖のTシャツと、膝を少しおおう程度の幅の広い半ズボン。めちゃくちゃに乱れた髪の毛を手ぐしでまとめて、手首にはめたゴムでざっと結ぶ。髪の毛で半分ぐらい隠れていた白い顔が現れた。泣いていたのか、目元がすっかり腫れて幼く見える。ジンギョンは何となく、自分と同年代なのかもしれないという気がした。遅きに失したが、イアのことを慰めたいと思ったけれども、適切な言葉が思い浮かばなかった。

「何かご用でしょうか？」

すると、ジンギョンを見上げていたイアの母親が言った。

「私、息子を売り飛ばしてません。イアを、うちのイアを、売り飛ばしたりしていません」

長いこと心に抱えていた言葉なのだろう。一度も言うチャンスがなかったのだ。イアの母親は大きく一度鼻をすすり、つばをごくんと飲み込むと、ゆっくりと話しつづけた。

「みんな慰めてくれました。慰めだと思って受け取りました。慰めてくれて、配慮してくれて。でもそれを受け取ったら、みんなに何も文句が言えないんです。そしたら最後には、子どもを売り飛ばしたことになっちゃった。だからジンギョンさん、人生でもし慰めてもらうようなことが起きても、黙って慰められてちゃだめです。慰めも配慮もお世話も、励ましも、むやみに受け取らないで」

違う。慰められてもいいんです。慰めや配慮が必要なときはそれを受け取るのが正しいのだし、それを受け取った後でも、聞くべきことがあればそうすべきだし、その後でまた何か受け取るときには受け取ればいいんです。ジンギョンの頭の中でイアの歌声がぐるぐると回った。暑い日差しと爽やかな風と甘い眠り、そこに染み込んでいった聖歌。イアの母親があたりを見回しながら言った。

「私の耳には一日じゅう、イアの声が聞こえます。イアの歌声が。今も歌っているんです」

「私にも聞こえてますよ。今」

慰めだと思ったのか、イアの母親は自然ではないが温かく笑ってみせた。本当のことだった。ジンギョンは確かに、イアの歌声を聞いていた。

714号室、スーとトギョン

冬が終わりかけていた。真昼の風は温かかったが乾燥していた。季節の変化を真っ先に感知するのは、子どもたちのやわらかくて繊細な呼吸器だ。サハマンションにはスーを待つ子どもたちが大勢いた。

スーは、コンビニ売りの成人用風邪薬を割って飲むことで持ちこたえたあげく、こじらせて中耳炎を起こした子を診察して帰るところだった。抗生剤は途中でやめちゃいけないんだから必ず五日分全部飲むんだよ、と念を押すと子どもはこっくりうなずき、ありがとうございましたとはっきり言った。かわいい子がとても多いのだ。スーは子どもたちがかわいいのが嬉しく、その子たちが病気になると悔しかったが、すぐに治ってぺちゃくちゃ言っているのを見るとまた嬉しかった。小児科を専攻したのは、人生で最高の選択だった。

管理室の前を通るとじいさまが、病気の子がいると言って腕を引っ張った。いつものように風邪か腹痛、腸炎だろうと軽い気持ちでじいさまについていった。管理室に付設されたじいさまの宿所と機械室との間が浴室になっており、そのドアを開けるじいさまを見ているときも、スーはまだおかしいとは思っていなかった。湯気がたちこめて前がほとんど見えない浴室に足を踏み入れたときは、このおじいさんはどこからこんなにたくさんお湯を持ってきてじゃあじゃあ使っているんだろうと思った。お金も払わずこっそり引いてきて使ってるに決まってる。とにかくおかしなおじいさんだと、クスクス笑いが漏れてきた。

手を大きくバタバタ振って湯気を払うと、「病気の子」たちの姿が現れた。狭い浴槽の中で重なり合っている男女。一人は小柄でやせて髪が短く、一見子どものようで、濡れた袖なしシャツとパンツが体に貼りついていた。女だった。もう一人は服を全然着ていなかった。男だった。スーはあわてたが、平静を装って浴槽のお湯に手の甲をつけてみた。冷めないようにお湯を入れつづけてくれとじいさまに言い、診療カバンを開けた。

「鎮痛剤です。痛みはすぐ収まりますよ」

まず女の手首に注射針を刺した。女はちょっとびくっとすると、緊張が解けたのか目をすっと閉じてしまった。スーは女の額と頬、鼻に軽く指を当ててみた。傷が残るね。心の中にしまっておくべき言葉が外に飛び出してしまった。スーは女が驚いたり傷ついたりしないだろうかと思って後悔したが、実際のところ、女は聞いたのか聞いてないのか、空中を見ながら荒く息をしていた。スーは無理に視線を動かし、男にも鎮痛剤を注射し、じいさまに念を押した。

「お湯が冷めないように注意してくださいね。車から塗り薬とガーゼを持ってきますから」

「ありがとう」

「それと、私、子どもが危ないときだけ呼んでって言ったでしょ？　しょっちゅうこんなことなさるんだったらもう来ませんよ」

じいさまはにこにこ笑いながら肩をすくめた。

「私の目には子どもなんだよ」

「あんな気持ち悪い子どもがどこにいます？　それと、私を呼ぶなら、パンツぐらいはかせておいてよ。ほんとに」

スーの言葉に、気絶したように目をつぶっていた男がくすっと笑った。

秋も深まったころ、スーはその男に再び会った。ジャンパーのファスナーを目いっぱい引き上げていたので顔が半分隠れていたが、目だけ見てもあの男だとわかった。スーが気づかないふりをして通り過ぎようとすると、男が先にあいさつした。

「先日はありがとうございました」

何と答えるべきかためらうスーに、男が尋ねた。

「僕と姉を治療してくださったお医者様じゃありませんか？」

「あ、はい、あの方ですね……今はもうお元気なんでしょ？」

スーはしきりに視線が下へ行ってしまうのを引き上げようとして、儀礼的なあいさつを返した。こんなふうにずっと向き合っていると男に失礼なことを言ってしまうかもしれないと思ったので、返事も聞かずに背を向けた。そのとき男がノックするように、指でスーの肩をトントンとたたいて聞いた。

「僕、このごろのどがいがらっぽくて、すぐ咳が出たりするんですが、一度診ていただくことはできますか？　子どもだけ診療していらっしゃるんですか？」

いくら診察とはいえ、自分の裸を見た人間の前で何でこんなに平気なんだろう？　そんなに自信があるの？　スーはしばし、彼に別の意図があるんじゃないかと思った。男は返事をしないスーをじっと見ていたかと思うと、首をかしげた。

「変なお願いしちゃったみたいですね。すみません」

「あ、違いますよ。どこで診察できるか考えてたんです」

スーは管理室で男ののどの中を見て、呼吸を確認した。季節の変わり目によくある軽い咽頭炎だ。スーは消炎鎮痛剤と鎮咳去痰剤を三日分、袋に入れて渡した。その間じいさまはすみっこに腕組みをして立ったまま、狭いなあ、姉さんだけでもうるさくてたまらないのに弟まで出入りするなんてとぼやきつづけた。

「病気ですみません」

男はまじめな顔ではきはきと言いながら、じいさまにむかってぺこりと頭を下げた。あてこすりや冗談ではないようだった。外から見える以外の意図や意味が全然ない人。だから、いい人なのかそうでないのか判断がつかなかった。

スーがじいさまにあいさつをして管理室を出ると、男がスーの後を追ってきた。

「ありがとうございます、診察といい、お薬といい。僕は何も差し上げるものがないから、車のところまでお送りしますよ」

「あ、大丈夫です。怖くないです」

「え？　道の何が怖いんですか？」

「あ、えーと、それはまあ。でも、それなら何で送ってくださるの」

「一人だと退屈でしょ。僕、別におもしろい人間じゃないですけど、おもしろい話聞いて笑うの上手なんですよ。おもしろい話してごらんなさい」

おもしろい話をしてやるというのではなく、してみろだなんて。堂々としてるんだか、ずうずうしいんだか。流れで、車を駐めておいたマンションの裏の公園まで並んで歩きながら、スーはじいさまに聞いた話を思い出していた。人を殺したというのだった。お母さんを死に追いやった人を、すごく大きな凶器で残忍に刺したそうだ。七回だったか八回だったか刺したと。スーには彼が悪い人には見えなかったが、それは人を殺せる人間には絶対見えないという意味ではなかった。ちょっときつい話だが、それはそれとして理解できる話でもあった。自分のお母さんを死に追いやった人を殺せる人。優しくて、純真で、人を殺した人。ぱっと見にはよく噛み合っていないこれらすべての項目が、彼をめぐってそれぞれ正直に作用していた。

男は、自分の名前はトギョンだと言った。スーの車の前に着くとトギョンは、じいさまにしたようにぺこりと頭を下げて、さようならとあいさつした。スーはなぜか名残惜しかった。

「サハマンションまで乗せてってあげましょうか？」

「いいえ。僕、風にあたって帰りますから。家に帰ってもやることないし」

「それじゃ一緒に散歩でもします？」

トギョンは黙ってスーを見ているだけで、何も返事をしなかった。スーはちょっと照れくさくて、つけ加えた。

「おもしろい話をしてくれって言われたのに、何も話してないみたいだから」

土の道を並んで上りながら、スーは思いつくままにあれこれ話を切り出した。小さい患者たちが大げさに痛がるのがかわいいという話、家族の話、週末に見た映画の話……。トギョンは笑わなかった。

「笑うのが上手って言ってたのに、笑いませんね？」

「あんまりおもしろくないですから」

代わりにスーが笑った。以後、スーは前より頻繁にマンションに寄って子どもたちを診てやり、診察が終わると必ずトギョンと一緒に公園を散歩した。


一緒に暮らそうと先に言ったのはスーだった。トギョンはスーの提案そのものが理解できなかった。

「家を買うお金はどうするの？　それに、通報でもされたら、僕はどうせまたここに逃げ込むしかないのに？」

「サハマンションで暮らすんだよ？」

「え？」

「私はただの月給取りだよ。家を買うお金なんかありそうに見える？　それと、あなたが通報されたらサハマンションに逃げ込むどころか、もう海の外に追い出されるよ」

「だから君がサハマンションで暮らすっていうの？　どうして？」

スーはトギョンの顔をじっと見ながら答えた。

「あなたと一緒に暮らしたいから」

トギョンは成人だし、それまでサハマンションの人々と何の問題もなくつきあってきたので、独立して新しい部屋の割り当てをもらうことは難しくないだろう。その手続きや資格については、全く心配なかった。だが、スーがこの不便で不安で過酷なサハマンションで生きていけそうには思えなかった。

「電気は屋上のソーラーシステムで供給してるの知ってるだろ？　電気が弱くてすぐ切れちゃうんだよ。別途に冷暖房装置を入れるには条件が整ってないし。水道も部屋に直接つながってないんだ。一階で水を汲んできて沐浴したり、料理したり、お湯を使いたいときはガスで沸かさなきゃいけない。今、君が住んでる家とは全然違うんだよ。寒くて暑くて汚い。だからここで僕と暮らしたら、ここが嫌になって僕のことも嫌になるかもしれないよ」

「発電機を探してよ。充電式でもいいし手回し式でもいいし、とにかく電力がいっぱい出るやつを。それと、貯水タンクも設置しようよ。浴室と台所にすぐ水が出るようにタンクと水道をつなぐ工事をするの。浴室には瞬間湯沸かし器をつければいいし。でも、台所にまで設置すると電気を食うからそれは難しいね。皿洗いはゴム手袋はめてやろうよ、貯水タンクの水がなくならないように気をつけて。それと、部屋が決まったら入居前に断熱工事をしようよ。家を買うお金はないけど、そういう修理をするぐらいのお金はある。サハマンションでいちばんいい部屋になるよ」

「みんなが、ええーって思わないかな？　全員で似たような生活してるのに、僕らだけそんなピカピカ生活をしたら？」

「それがピカピカなの？　水が出て寒さ暑さを防げるっていうのが？　それはただの基本でしょ。どうしてずっとこんな不便な暮らしをしなくちゃいけないって思ってるの？　直しながら住もうよ。私たちがやったら、他の人たちも真似するよ」

スーの言う通りだった。トギョンを非難しているわけでもせかしているわけでもなかった。だがトギョンは心が辛くなった。

「ここで何も持たず、何もできずに暮らしていたら、そういう決心をするのは簡単じゃないんだよ。サハマンションの人たちがばかだからでも、怠け者だからでもないんだ」

「だから私みたいな人間が必要になるの。私はいろいろ持ってるし、いろいろできるし、あなたが好きだから」

貯水タンクを屋上に設置するためには、最上階に住まなくてはならなかった。姉さんちの隣はどうかとトギョンが尋ねると、スーはとんでもないと言った。トギョンとスーは、ジンギョンの部屋からいちばん遠い７１４号室を選んだ。

部屋はスーの計画通りに修理した。天井と壁に防水処理を施し、断熱材を重ね貼りした。リビングと寝室には違う色の壁紙を貼った。食卓を置くにはキッチンが狭かったので、窓際に座り机を一つ置き、そこで食事もし、お茶も飲み、読書もすることにした。寝室にはマットレスを入れ、玄関とトイレとベランダにはぴったり合う棚を組み立てて置いた。リビングの壁にはぐるっと一回りする棚を設置した。本や写真、ラジオ、食器などを収納したが、空間がちょっと足りなかったので本の一部は床に積んであった。

壁と天井を壊し、穴を開けて修理したので、家じゅうが白っぽい埃で一枚カバーしたようになった。トギョンは朝起きるとまず一階の花壇わきの水飲み場から水を汲み、屋上の貯水タンクの半分くらいまで満たした。姉と一緒に住んでいたときに使った水は日にタンク二個から四個分程度。貯水タンクを満タンにするには十六個程度が必要だったが、無理に満タンにはしなかった。そして午前中ずっと水拭きをした。窓枠やドアのすきま、流しの中は拭いても拭いても埃だらけになる。トギョンが悲鳴を上げるとスーは、暮らしながら少しずつ拭いていこうと言った。人が住んで風通しをよくして、手で触ったりするうちに埃もなくなっていくよと、何でもないようにそう言った。

トギョンはスーに、ここに住みはじめた記念のプレゼントをしたかった。本棚と書見台のセットを作ってやろうと思い、自分で設計図まで描いた。そして家具用の木材や木工道具を買おうとしたが、値段がばかにならない。スーが荷物を持って入居してくる日になっても、設計図しかできておらず、自分があまりに無能に思えて憂鬱だった。スーにそう言うと、スーはその設計図をちょうだいと言うのだった。

「どうせ私、本もそんなに持ってないし、勉強はもううんざりだから今後はしないつもり。本棚なんかいらないよ」

スーはトギョンに本棚とそこにつながる折りたたみ式の書見台の設計図をもらって、サハマンションA棟714号室の住民になった。

職業紹介所の所長のおばあさんから何度か連絡が来ていたが、家の片づけの方が先決だったのでトギョンは仕事を断った。飢え死にするつもりなのかと所長は本気で尋ね、トギョンもちょっと不安になったが、スーはむしろ、絶対働かなきゃいけないのかと聞いた。

「お金は私が稼いでくるので十分だよ。ここ、普通の家よりすごく手のかかる、仕事の多い家だから、あなたが家の管理を全面的に引き受けてくれたらいいんだけどな。それで、絵を習ってたって言ってたじゃん？　絵を描いたらどう？　設計図、すごくうまかったよ」

　スーはトギョンが習った絵がどんな種類のものだったか知らなかった。設計図の良し悪しもわからないのに、こともなげにそう言った。トギョンはハハハと口を大きく開けて笑った。そしてちょっと深刻な顔で考えてから、すぐにまたクスッと笑った。

「絵を描いて、それをどうするんだ」

「とりあえず描いてごらんよ。どこかで役に立つようにしてあげるから」

　スーとトギョンは手をつないで学生街の近くの画材屋が集まっている通りに行き、絵の具、筆、鉛筆、消しゴムなどを買った。支払いはスーがした。トギョンは本棚を置くつもりだったリビングに画材を並べ、最初の絵はスーにあげると興奮して言った。スーは頼むから自分の顔は描かないでくれと頼んだが、トギョンはスーの顔を描いた。絵の具は厚く盛られ、筆使いは気ままだった。絵のことを何も知らないスーは、ちょっと絵の具を節約して使ってくれないかなと思った。

　スーはトギョンの絵を額に入れて診察室に飾った。よく見るとスーと似たところは一つもないのだが、誰が見てもスーのように見える絵だった。妙に人を惹きつけた。スタッフの何人かが肖像画を描いてほしいと言い、スーがその人たちの写真を借りてトギョンに渡すという方法で肖像画が描かれた。それが流行のようになり、診察室の壁全部にトギョンの描いた肖像画がかけられた。取引きのある製薬会社の営業部の人や、患児の保護者たちも絵を依頼してきた。スーは思いきって新聞なんかに広告を出してみようと言った。トギョンはためらっている様子だった。

「国税庁とかそういうところに申告しないといけないんじゃないの？　それに、代金はどうやって受け取る？　僕は銀行の口座だって開設できないのに」

「ささやかにやってる分にはいいんだよ。規模が大きくなって本格的に事業登録が必要になったら、そのときよく考えればいい。それと、口座はとりあえず私のにしといて」

「君の口座を使うのはちょっとなあ」

「大金を稼ぐわけでもないのに、問題にはならないよ。もし盗用だとか疑われたら、私が描いたって言えばいいでしょ。私は絵が上手なんだって言うから」

「そうじゃなくてさ……取引内容ちゃんと見せてくれる？」

「ちょっと！　踏み倒したりしないよ」

病院の掲示板に小さく広告を出し、近隣の共同住宅団地にも広告を貼り出した。サハマンションの人々もときどき絵を依頼してきた。金額は大きくはなかったが、トギョンにもまた収入の道ができた。スーは一か月に一度ずつきちんきちんと、注文の内訳と入出金の内訳をプリントアウトしてトギョンの確認を受けた。スーが無名画家でも絵を販売できるギャラリーを探してきたので、トギョンは肖像画以外の絵も描きはじめた。

＊

院長は真顔で尋ねた。スーは何と答えるべきかわからず、服の襟をいじっていた。

「いつから？　いったい、いつ？　備品を持ち出すなんて。薬も使った？」

スーに詰め寄っている間ずっと、人差し指を立ててデスクをトントントントンとたたいていた。

「先生……」

「結構。聞きたくない。言い訳はいらないよ」

院長にさえぎられ、スーは次の言葉が言えなかった。さえぎられなかったとしても、まさか口にできなかっただろう。ご存知だったでしょ。全部ご存じだったじゃないですか、とは。

スーの診察室だけがいつも、ガーゼや消毒薬、使い捨て舌圧子（ぜつあつし）といったものが足りなかった。事務の職員が会議のときに大っぴらに苦情を言ったが、院長はむしろその職員をなだめ、二つの指示を出した。ちゃんと診断してきちんと診療すること。診察室には十分な備品を置いておくこと。そして何日か後、院長はよく使う鎮痛剤と解熱剤、抗生剤をスーに別途支給してくれた。

火傷をした子がいた。ちょうど一歳の誕生日を過ぎたところで、壁に沿って伝い歩きをして、座り机に置いてあった電気ポットをいじったのだという。スーが行ってみると、驚き怯えて赤ちゃんに触ることもできない母親の代わりに、花ばあさんが冷たい水で患部の熱を冷ましていた。消毒して火傷に軟膏を塗り、包帯を巻いて帰ってきたが、スーは安心できなかった。火傷はひどくはなかったが、範囲が広く、赤ん坊は小さすぎた。何より、母親とよく話が嚙み合わない。

翌日の午後、花ばあさんから電話が来た。赤ん坊がむずかるので母親が包帯をほどいてしまったというのだ。水疱が押されて全部つぶれたのだがどうすればいいかと、いてもたってもいられない様子だった。感染症になると処置が困難になることもありうる。スーは職員が全員帰り、病院が空になる夜七時以降に赤ん坊を連れてくるように言った。ずっと落ち着かなかった。七時に近づいたが、その日に限って最後に病院を出た院長がスーの診察室にやってきて肩を一度たたいた。

「先に帰るからね。ま、頑張ろうね」

そして窓の方へ行ってブラインドをおろし、ゆっくりと診察室から出ていった。サイン、または暗号。スーは院長の言葉、行動、視線、呼吸のすべてに脚注がついているように思った。肩をたたいたやせた手、頑張ろうというあいさつ、静かにおろしたブラインド、ゆっくりした足取り。そこにどんな意味が隠されているかはわかっていると確信していた。

スーは医師免許を永久剝奪された。免許以外の医療行為を行ったという理由だった。捜査官は書類とスーを代わる代わる見て、スーに住所を聞いた。全部書いてあるのにどうしてまた聞くのか、変だと思ったが、スーは平然と両親の住所を答えた。捜査官はクスッと笑いながら聞き返した。

「その住所にほんとに住んでます?」

「え?」

「いえ、ただね、それで合ってるのかなと思って」

そして首を振りながらつぶやいた。いったい何でそんなふうに生きるんですかね。スーも思った。そうだよね、何でこんなふうに生きるのか。

中学のとき、スーのクラスに臭い女の子がいた。いわゆるわきが、腋の下の汗の匂いだった。おとなしくて優しい子だった。誰にも自分から話しかけないし、迷惑をかけなかったし、人の悪口を言わなかった。匂いさえなかったら、教室にいるかいないかもわからない子。ひょっとしたら匂いのせいで、いるかいないかわからない過ごし方をするようになった子。ときどき、開いた窓から入ってくる優しい風に乗って、ちょっと生臭いつんとするような匂いが漂うことはあったが、がまんできた。分別のない中学生とはいえ、まさか、臭いなんて口に出して言えるものではない。

ある日、一時間めが始まって間もなくその子が鼻血を出した。垂れたとか流れたかという程度ではなく、夏の終わりの夕立のような出血だった。どす黒い血がざーっとしたたり落ち、ごく薄い真っ白な夏の制服のブラウスを濡らした。隣の席の子は殺人事件でも目撃したみたいに叫び声を上げた。本人は鼻血よりもその悲鳴と声にあわてているようだった。

服がだめになったが、着替えがないという。先生が、体操服持ってる人？　と聞いた。誰も返事をしなかった。ほとんどの子は体操服をロッカーに入れておいて何度か使うので、たくさんあったはずだ。生徒たちはあの匂いがしみつくだろうと思っていた。そっぽを向いて目をそらすクラスメートたちの中で、その子は泣きそうな顔で唇を噛んでいた。そのときスーが答えた。

「私、あります」

スーはゆっくりと教室の後ろにあるロッカーまで歩いていき、体操服の上着を取り出した。翌日、スーはきれいに洗濯されていい匂いのする体操服を返してもらったが、この一件でその子と友達になりはしなかった。

子どもだったスーもまた、匂いがつくかもしれない、そうなったら体操服を捨てなきゃいけないだろうかと思った。不安だったし、気分のいいことではない。だからといって、その子に同情したり慰めたいと思ったわけでもない。ただ、その子には着替えが必要で、スーは体操服を持っていたというだけのことだ。いかなる好意も含まれていない、当然の、単純な判断だった。何の意図も計算もない行動だった。

免許を剝奪されてもスーは元気だった。免許がなくなったからって技術と知識までなくしたわけではないと言い、サハマンションの中に病院を構えようかなと本気で言った。製薬会社を通して医療器具や医薬品を受け取れる方法を模索してみたが、生易しいことではなかった。開業している大学の先輩後輩、同期たちに連絡して、医薬品の購入を手伝ってくれと頼んでもみた。まだスーの状況を知らない者たちは何があったのかと聞き返した。スーは正直に答えたが、すると話があっちへこっちへ遠回しになり、だいたいは笑ってやりすごされ、おしまいには相手が口を閉ざしてしまう。スーはちょっと家に行ってくると言ってサハマンションを出ていき、一週間以上戻ってこなかった。

スーのいない家でトギョンは一人で絵を描いていた。三食きちんと作って食べ、夜になると瞬間湯沸かし器が沸かしてくれたお湯で髪を洗い、耳の後ろ、腋の下、足の指の間まで几帳面に洗って、昼間お日様に当てて干しておいたふとんをかけてぐっすり眠った。だが、三日めの夜にとうとう、姉と暮らしていた部屋のドアをたたいた。ジンギョンは何も言わず作りつけの棚から湿っぽい枕を出してやった。トギョンは姉さんに背を向け、横向きに寝てちょっと泣いた。翌日からは泣きはしなかったが、毎日姉の家に行って寝た。

きっちり十日めの朝、スーは両手いっぱいに紙袋や買い物袋を持って階段を上ってきた。買い物袋の外に長いネギが一束出ていた。トギョンはそんなスーを、映画の主人公みたいでいいなと思った。心配で寂しかった気持ちはすーっとほぐれた。紙袋の中にはトギョンの半袖シャツや薄い夏用のコットンパンツと新しいスニーカーが入っており、買い物袋の中には塩、胡椒といった基本の調味料から、トギョンが初めて見る各種のスパイスやソース、大きくて分厚いステーキ用の牛肉、身のしまった香りのいいなす、にんじん、きのこが入っていた。

「肉焼いて食べよう。お姉さんも呼んでよ。一緒に食べようと思っていっぱい買ってきた」

それが最初の一言だった。スーは何事もなかったようにひどく明るくそう言ったが、トギョンはその瞬間、嫌な気持ちになった。

「嫌だ」

「そう。じゃあ二人で食べよう、肉」

トギョンは携帯用コンロをテーブルの上に置き、大きなフライパンで肉のかたまりとネギ、なす、にんじん、きのこを一緒に焼いた。スーは野菜には全く関心がなく、フォークで刺すと血がすーっと滲み出してくる肉だけを夢中で食べた。すごく肉が食べたかった、最近全然肉を食べられなかったから、やっぱり肉を食べないとね、といったことを盛んにつぶやいたが、それほどおいしい肉ではなかった。層になってきれいに巻いた脂身から、獣くさい匂いがした。

スーは口いっぱいに肉をほおばったままで、病院や学校、研究所に研究職として再就職するつもりだと言った。就職について調べ、関連書類を作成して発送するのに忙しくて大変だったんだと。

「待ってた？」

「心配したよ」

「何を？　私に何か悪いことがあったかと思って？　じゃなきゃ、私が逃げるかと思って？」

「どっちも」

「どっちの方が心配だった？」

「二番め」

スーがクスッと笑った。面接のときに着るのにふさわしい服がなくて心配だったが、履歴書を送ったどこからも連絡が来なかった。スーはいっそ、もっと勉強しようか、本国に行ってみようか、また大学に入り直そうかなどとしきりに一人言を言った。

不幸はスー一人にとどまらなかった。病院の調査が始まり、院長も疑われた。病院の存続が脅かされる瞬間が来ると、院長は業務妨害と横領でスーを告訴した。結果によってはスーが住民資格を失うこともありえた。そうなればスーの家族にまで悪影響が及ぶだろう。スーは一瞬にして崩れた。トギョンはスーを理解した。これまで十分に勇敢で、たくましかったのだ。

先に提案したのはスーだった。最後の場所として公園の駐車場を選んだのもスーだった。車の窓から遠くの街灯の光がかすかに入ってきた。トギョンがためらうとスーが体を起こしてトギョンの首にキスし、それでトギョンはすべてを手放すことができた。スーはトギョンの手のひらに白くて丸い錠剤一個と、細長いピンクの錠剤を一個、黄色い液体が入ったアンプルを乗せた。

「心配しないで。ただ、眠くなるだけ」

そして自分の手にはトギョンに渡したのと同じアンプルと同じ錠剤二個、さらにそれとは別の錠剤を二個乗せた。トギョンが驚いてスーの手首をつかむと、スーがトギョンの手をゆっくり離した。

「これは前から飲んでた薬」

「そんなことしたら大変だよ」

トギョンの言葉にスーが笑った。

「もう関係ないじゃない」

悲しくて、気まずくて、トギョンも笑った。あのとき全く同じ四錠を飲むべきだったのだ。遅すぎる後悔だった。

*

トギョンはサラの家を出る決心をしていた。

出勤前のサラは引き出しから木のスプーンを出して食卓に載せながら、諭すように言った。

「これで静かに食べて。食べたら片づけないでそのまま置いといてね。手も洗わないで、便器の水も流さないで。あなたは寝てて。もう早く寝ちゃって」

夜と昼が二、三回過ぎたようだったが、よくわからない。急に警官が押しかけてきたので、膝に穴があき、血のついたコットンパンツをはいたまま体を丸め、小さな、冷たい冷蔵庫に、肉のかたまりのようになって入っていた。寒くはなかったが、歯がぶつかってカタカタ言うほど震えた。その音が冷蔵庫のモーター音より大きく感じられ、トギョンは奥歯を力の限り噛み締めた。

幼いころトギョンは、暗い地下の部屋と死体のように寝ている父があまりに怖くて、まともに食事をすることもできず、宿題をやることもできず、姉を待って泣いてばかりいた。路地の入り口でもう泣き声を聞きつけて走ってきたジンギョンが、何で小さい子みたいに電気もつけずに泣いているんだと叱り飛ばしたが、トギョンはスイッチに手が届かないと言えなかった。あのときの幼いトギョンと同じように、手で顔を隠すこともせずおいおい泣いていたスー。トギョンは木のスプーンを持ち上げてまたおろしながら考えた。スーは、本当に死んだだろうか。

トギョンはベランダの方に行って、カーテンの裾を手に巻いて握り、手前に引いてから離した。まるで窓が少し開いており、カーテンが自然に揺れて静かに夜風に乗っているように見えた。カーテンがひるがえったすきに、夜の風景がちらっと見えた。車一台がやっと通れるぐらいの狭い路地の向こうに商店街の裏側が見える。雨水が流れてしみができた壁、トイレの窓、鉄の非常階段、エアコンの室外機……。無計画に建てられた商店街の間には、わかりにくい小道がいっぱいあった。子どもなら駆け回れるが、体の大きい大人は容易に通り抜けられない道が、低い塀と狭い門によってつながっていた。

シャッターをおろす音と明日の約束をする疲れた声が聞こえた。暗くて、低くて、人のいない路地。試してみるだけのことはあるとトギョンは思った。

食卓の上のポタージュスープはすっかり冷め、べたべたの膜が張っていた。朱色の魚卵と海苔の粉だけをまぶしたおにぎりも、表面がかちかちに固まっていた。トギョンは冷蔵庫から牛乳を出してカップになみなみと注いだ。おにぎりが固くて噛みづらいときはポタージュスープを口に含み、それでも飲み込めなければ牛乳を一口飲んだ。久しぶりの食事で万一おなかを壊してはいけないので、ごはん粒がすりつぶされるのが舌に感じられるまでよく嚙んだ。トギョンは、サラが用意してくれたおにぎりとポタージュスープを残さず食べ、牛乳も全部飲んだ。空いた食器を流し台に運んだ後、皿洗いをしようかとちょっとためらったが、そのままにしておいた。

黒いビニール袋に入れて冷凍室の奥に隠しておいたスニーカーを取り出してカーテンの下に置き、軽くストレッチをした。首から肩、手首、腰、膝、足首まで関節をゆっくり回してほぐしてやり、腿とふくらはぎを手のひらで包んで優しく揉んでマッサージした。筋肉に力がないことが感じられた。

スニーカーは冷たくて固かった。その場で高くジャンプしてみた。初めは着地する足が重くてちょっと床に響いたが、何度かくり返しているうちに少しずつ感覚が戻ってきて、足と足首、膝の弾力を利用して静かに着地することができた。

トギョンは壁にもたれて立ち、頭の中に経路を描いた。カーテン、ベランダ、一階、道路、公園、海岸道路……。その次は海に沿って走ることもできるし、海に飛び込むこともできる。とにかく道が開けた方へ走るのだ。ひょっとしたらまた国境を越えるかもしれない。怖いものはなかった。このままずっとサラの冷蔵庫に隠れているわけにはいかない。

長く深呼吸をして窓の前に立ったとき、外から、玄関の鉄門がガタンと荒っぽく開け閉めされる音と、男か女かわからない高い悲鳴が聞こえた。ぐっと抑えつけていた恐怖と緊張がそのすきまから洩れてきた。心臓がドキドキする。トギョンは懸命に気を引き締めようとした。サハマンションの外に出ようとしているトギョンにとって、マンション内での騒ぎはチャンスかもしれない。

トギョンは赤と黄色のチューリップが描かれたカーテンをそっと持ち上げ、開いた窓のすきまからベランダへ出た。とりあえず、けがをせずにマンションを抜け出さなくては。窓と網戸をぎりぎりまで押し開けて窓枠をしっかりつかみ、その下に設置された金属の手すりを乗り越える。手すりを手でつかんでぶら下がり、しばらくして手を離す。適切なタイミングで膝をそっと屈伸したので、地面に響いたり、脚に無理をかけたりせずに静かに着地できた。マンション内のどこかでもう一度長い悲鳴が聞こえ、いくつかの窓に明かりがついた。トギョンはすばやく塀を越えた。


トギョンはあの夜もぶつかった四車線道路の前に立っていた。町外れの真夜中十二時近い時間とあって車はほとんどいなかったが、たまに通り過ぎる車とバイクは、風を引き裂くようなものすごいスピードを出していた。道路の向かいにはトギョンが逃げてきた公園。あのときは反対側からこっちへ走ってきたのだ、それも、あの後すぐに。それくらい生きたかったのか、死にたかったのか。

バイク一台が轟音とともに地響きを立てて通り過ぎ、すぐに唐突な寂寞が続いた。そのとき道路に沿って、すたすたと不注意な足音が近づいてきた。トギョンは体を隠そうとして上半身をびくっと動かしたが、かえって目につきそうなのでやめた。その瞬間足音も止まった。トギヨンは身を翻して足音と逆方向へ走った。古くて屋根の低い商店街とオフィスビルの間の路地に入ると、路地から出てきた一人の女が走ってくるトギョンを見て悲鳴を上げて座り込んだ。トギョンは女を追い越し、欄干を飛び越え、大きなゴミ袋を勢いよく倒したが振り向かずに走った。喉の奥から血の匂いがこみ上げてきた。

トギョンはいちばん狭くて汚くて危険そうな道だけを選んで走った。大勢の人のものと思われるやかましい足音がついてきて遠ざかることもあり、慎重で細心な一人の足音が近づいたり消えたりすることもあった。その足音を避けて鉄門を飛び越えたとき、鉄格子に引っかかって右膝が深くえぐられた。血まみれのコットンパンツが破れ、割れた皮膚の間に膝の骨が白く現れている。よりによって右足だなんて。トギョンは両手で膝を押さえ、壁にもたれて座った。奥歯をぎゅっと噛みしめ、漏れてくるうめき声を飲み込もうとしていると鉄門がきしんだ。トギョンはまた立ち上がって走った。

足を踏みしめるたびに膝と腿にじーんと痛みが走り、スピードを出すことはとてもできない。振り返ると、コットンパンツにTシャツを着た、頑丈な体格に似合わず頭が真っ白で年齢がわからない男が鉄門を軽々と飛び越えるところだった。トギョンはとりあえず目の前に見える鉄の非常階段を上っていった。ビルの一方の壁面に沿ってジグザグ模様に続く粗末な階段だった。どこで終わるのか確認できない。鉄板がけたたましい音を立ててきしんだ。

トギョンはぶら下がるようにして手すりをつかみ、苦労して一段一段上っていった。男もスピードを上げず、一定の距離を保ったまま ついてくる。最後の階段。もう逃げ場のないトギョンは、ビルに通じる壁面の非常ドアのノブを両手でつかんで回した。びくともしない。こんどは手すりのむこうを見おろしてみた。五階ぐらいだろうか。そのとき、後からついてきていた足取りが速まり、鉄階段全体が渦巻くようにふらふらした。せっぱつまったトギョンが両手で手すりを握り、飛び降りるかのように上半身を傾けると、男が叫んだ。

「やめろ！」

その声が合図だったように非常口がばっと開き、若い男が弾かれるように出てきた。彼はトギョンのこめかみに銃口を当てながら、低く言った。

「死ぬな」

トギョンは反射的にぬっと止まった。男がねちねちと言った。

「死のうとしてたんじゃなかったのか？　怖くなったようだな」

その間に階段のとっつきまで上ってきた白髪の男は、トギョンの腕をつかんで後ろへ折るとひざまずかせた。トギョンは卑怯な自分への羞恥心とスーへの罪悪感が一度に押し寄せてくるのを感じた。両目いっぱいに涙がたまった。銃口がトギョンの頭をぐいぐい押した。

「何で殺した？」

トギョンはぎゅっと閉じた口を開かなかった。

「なぜ！　なぜ！　何で殺した？」

若い男はまるでスーの家族にでもなったようにトギョンに怒りをぶちまけた。全く客観的ではない男の感情にさらされながら、世間がスーの死をさまざまに意味づけしたのだろうと、トギョンには推測がついた。見開いたトギョンの目から大粒の涙がぽたぽたと落ちた。

「殺してない！」


それがロマンスだったのか、犯罪だったのか、人々は知りたがった。おもしろがっていたというのがより正確な表現だろうか。しかし、事実を知る二人のうち一人はこの世におらず、一人は信頼できない人間と見られていた。二人を恋人どうしとして記憶する者たちは確かにいた。病院の前のレストランで一緒に食事をしているところを見たという女性の同僚と、ときどき一緒に来て特に何も話さず向き合っていたと語るカフェの主人がニュースに出演した。

「最近、現金で払う人ってあんまりいないでしょ。それで覚えてるんです。男はいつもビールを頼み、その医者はいつもコーヒーでした。そして必ず男が現金で払ってました。だから、サハなのかなってちょっと思ったこともあるけど、その病院にはうちの子も行ってってね、医者がそんな人とつきあうはずがないでしょ。私も後で聞いてびっくりしたんですよ」

「二人はつきあっていたようでしたか？　男が無理に引っ張り回してるような感じはしませんでしたか？」

「男が引っ張り回されてる感じはしましたよ。そう、いつだったか、その医者が先にぱっと立ち上がって一人でどんどん出てっちゃってね。それで男が急いでお金を、こんなふうにしわくちゃになったのを引っ張り出して私に渡すと追いかけていったことがありました」

「おつりももらわずに？」

「いいえ。おつりはちゃんともらっていきましたよ」

少なからぬ目撃談があったにもかかわらず、世間はスーとトギョンを普通の恋人どうしとは考えなかった。証言よりも常識の方が説得力があったからだ。男はL2ですらない完璧なサハであり、女はタウンの小児科医だ。女が何か弱みを握られていたのだともいわれたし、脅迫されていたのだともいわれた。

スーがごく小さいときに両親が離婚し、継母と二十年以上暮らしてきたという事実、十一歳年上の恋人と結婚直前で破談になったという事実、その後整形手術を受けたという事実まで唐突に暴き出された。スーの選択を理解するために、人々はさまざまな話をこじつけに使ったが、誰もスーを理解できなかった。恋愛は二人だけの世界だし、その世界にだけ通じる常識がある。

非公式的にはタウン最大のスキャンダル、公式的には一人の男性サハがタウン住民の女性をレイプして殺害した事件。結局、トギョンはスーを守れなかった。スーは汚らわしいスキャンダルの主人公として消費され、トギョンはどんなににじだんだを踏んでも罠から逃れられなかった。一人トギョンにとってのみ、スーは神秘として残った。

３０５号室、ウンジン、三十年前

新型の呼吸器感染症が世界的な流行を見せていた。唾液による感染と推測されるだけで、原因も治療法も全く明らかになっていなかった。健康な人たちは感染しても風邪同様十日ほどで自然に治ったが、呼吸器が弱かったり、基礎疾患があったりする場合はたやすく生命を失った。病人、老人、妊婦、乳児には特に致命的だった。最初に発生した地域の致死率は四十パーセントを超え、妊娠した女性が感染した場合、胎児は例外なく流産となった。妊娠初期でも中期でも、出産が迫っている場合でも変わりはない。人々はこの病気が人類の存続を脅かすことになるかもしれないと言った。

タウンは感染症の恐怖から一歩離れていた。他国との交流がほとんどなく、海外旅行も自由にできなかったためだ。ていねいに手洗いをしたりマスクをしたり、咳をするときに顔をそむける人はいなかった。ニュースが伝える海の向こうの患者たちの症状と増加推移を見守りながら、世の中はいったいどうなっていくんだ、なぜ治療ができないのかと、気楽に舌打ちするだけだった。

子どもの呼吸が荒くなったのは金曜日の夜だった。三歳としても体の小さい方に属するその子は、息をするのが苦しいのか、小さな体でしきりに寝返りを打ち、寝室のすみのクローゼットの前まで転がっていった。うつ伏せの姿勢で背中を丸め、虫のように体をうごめかしながら苦しげに呼吸し、ときどき空咳をした。ひどく病気がちな子だったので、施設の職員たちは、また風邪をひいたみたいだと思い、大したこととは考えずにやり過ごした。日差しは十分に温かく、春雨が何度か降った後とあって空気は澄み、湿度も適度だった。今回の季節の変わり目はずいぶんしのぎやすいと、みんなほっとしていた。だが契約職のウンジンは、ちょっとおかしいと思っていた。

土日の間に子どもの健康状態はさらに深刻化した。医療関係者も正規の保育士も出勤していないので、ウンジンがとりあえず非常薬を飲ませた。麦茶を飲ませ、おかゆを食べさせ、首にスカーフを巻いてやり、それでもむずかって苦しむその子を一日じゅう抱いてあやした。子どもは頬が紅潮してきて、ウンジンの胸で口を開けてはあはあと息をしては眠り、目を覚まして泣き、また眠るということをくり返した。ずっと子どもを抱いていると腕がとても痛く、他のスタッフたちからはなぜ一人にかかりきりなのかと抗議され、それでも子どもはだんだんぐったりしていき、ウンジンも泣きたかった。

ウンジンも児童養護施設で育った。タウンの独立直後には多くの地元民が失踪し、それより多くの子どもたちが捨てられたのだが、ウンジンもそのとき家族を失い、児童養護施設に入った。十一歳だった。

ウンジンと同室の年下の子が、ドアに手をはさんで薬指と小指を骨折したことがあった。指にギプスをはめ、手全体に大きなプロテクターを装着した。よりによって右手だった。けがをした子は食事のたびに、豆腐一かけ、小さな肉一きれをつまむために孤軍奮闘した。左手の親指と人差し指の間に箸二本をXの字になるように重ねてはさみ、開いた箸のすきまを食べもののところに持っていき、拳を握るようにしてそっと力を入れるのだ。食べものはたびたび跳ねて落ちてしまうし、スプーンを使っても、平たい皿の上のものは押されるだけですくえない。そのときウンジンはこの子のスプーンにおかずを載せてやった。ごはんを食べさせてやり、着替えも手伝ってやり、髪も洗ってやった。もともと人の面倒をよく見る方だった。同室の小さい子たちをよく抱っこしてやり、髪を結ってやり、指にかぶさった長すぎる袖口を折ってやった。

「あんたは大きくなったら、保育士になるべきだね」

感心してウンジンを見守っていた主任保育士が漏らした言葉が、ウンジンに深く刻み込まれた。大きくなったら。つまり、もう養護施設にいられなくなる十六歳以後も、特に事故に遭ったり大病にかかったりしなければ生きているだろう。それだけだ。以後の人生は、水が高いところから低いところへ流れ、春になれば花が咲き、熱い日差しの下では汗が流れるように、なるようになるのだと思っていた。L2にとって仕事は与えられるもの。夢見たり計画したりするものとは教わらなかったのである。だが、その一言がウンジンを変えた。

養護施設の子どもたちは十四歳から職業教育を受ける。車の運転、簡単な電気作業、調理などさまざまな基礎技術をまんべんなく経験する教育が一年、そのうち一つの技術の集中教育と実習が一年だ。実習訓練といっても、子ども本人が選択するのでもなければ、講師が適性を考慮して指定するのでもない。無作為に割り当てられるのだ。十四歳の誕生日、ウンジンは主任保育士に会いに行った。

「私は保育士になるべきなんです」

主任はしばらくウンジンの顔をじっと見て、なぜだと聞いた。

「先生がそうおっしゃいました。あんたは保育士になるべきだねって。去年」

「子どもの世話をする施設で働くことはできるよ。調理や清掃なんかの担当で。でも保育士はL2ができる仕事じゃないんだよ」

「はい。でも先生が、あんたは大きくなったら保育士になるべきだって。そうおっしゃいました」

主任は事務室のすみに置いてある補助椅子を引っ張ってきて自分の席の横に置き、ウンジンを座らせた。ウンジンの目を見ながら、ゆっくりと説明した。

「あんたのことはわかってる。いい子だしまじめだし、他の人の気持ちがよくわかるよね。子どもが好きで、人に配慮できるし。そうだね、あんた以外にも、手先が器用な子もいるし、言語習得が早い子もいるし、ある子は几帳面だし……みんなもったいないよ。カードゲームでもするみたいな、裏返しのカードをめくるみたいな方法じゃ情けない。努力してみるよ」

ウンジンは調理科に配属された。教育期間中に調理師の資格をいくつか取り、保育園の調理室で実習し、十六歳の誕生日にL2になり、施設を出た。泣いてしがみつく子どもたちをウンジンは一人ずつハグしてやって、必ずまた来るから、先生になって来るからと約束した。

ウンジンは養護施設とつながりのある国立大学の構内食堂の調理の仕事を断った。養護施設出身の子が行けるほとんど最高の職場だったにもかかわらず、そうした。ウンジンは保育士になれると信じ、待つことにしたが、そうなると今すぐに住めるところがなかった。サハマンシヨンを訪ねた。

住民との面接の席でウンジンは、Ｌ2在留権があり、調理師の資格証があり、本当は保育士になりたくて待機している、子どもが好きで世話をするのが得意だからサハマンションの子どもたちの面倒を見られると、ゆっくり、しかしはきはきと言った。緊張しているのか、話している間、口の端がぴくぴくした。それがまた恥ずかしく、どう見えるか心配だったが、２０１号室のワンばあさんは腕を差し伸べてウンジンの髪を撫でた。

「私たちはテストをしてるんじゃないよ。あんたに点数をつけようっていうんじゃないんだ。あんたが何が上手でどんな資格を持ってるか、そんなことはよくわからないし、重要でもない。ただ、一緒に暮らしても問題ないか、ここに住んでいる人たちとちゃんと一緒にやっていけそうか、顔合わせでもしてみようってだけのことさ」

ウンジンはずっと空いていた３０５号室の最初の入居者になった。長い時間をかけて、すみずみまで家の拭き掃除をした。そんなに拭いてたら家がすり減ってなくなっちゃうよとみんなが冗談を言うほど、ドアも窓もすっかり開け放って一日じゅう拭きつづけた。

日がよく当たる昼間は中庭で子どもたちと遊んだ。ウンジンは地面にチョークで印を描いて遊ぶ遊戯を山ほど知っていた。数字の上に石を投げ、それを飛び越えながらまたその石を拾ってくる遊戯とか、丸を描き、それを飛び石に見立てて踏んでいく遊戯とか、三角と四角と丸を続けて描き、その間を通っていく遊戯もした。やってもやっても、ウンジンからは新しい遊びがまだどんどん出てきた。子どもたちはウンジンにまとわりつき、もっと！　もっと！　ほかの！　ほかの！　と叫び、そのたびウンジンが握ったチョークは魔法のように他の遊びを作り出していった。

雨の降る日にはワンばあさんの家に子どもたちが集まり、古紙をどっさり拾ってきて遊んだ。破れていない完全な紙は何度も折り、はさみで角をいろいろな形に切った。それからぱっと広げると、切った部分が神秘的な模様になって、くり返し現れる。子どもたちはうわーっと小さな歓声を上げた。正四角形の小さな紙は折って、鳥や亀や子犬やカエルを作った。幼い子は折り紙動物で動物園を作って遊び、大きい子はウンジンに折り方を習って、同じ動物を際限なくいっぱい折った。

古くなってひどく破れた紙は水に溶かして紙粘土にした。顔ぐらいの大きさにふくらませた風船の半分に紙粘土をつけ、目の部分を開け、鼻をくっつけて乾かすとお面ができた。一日は紙粘土をつけ、次の一日は乾いたお面に色を塗り、その次の一日はお面をかぶって、子どもたちは古紙で何日も新しい遊びを楽しんだ。

大人たちの憂鬱な流配地、そこに属している、何もしてやれない手のかかる付属物。サハマンションにおける幼い子どもたちはそんな困った存在だった。子どもたちもときどきそんな視線を感じていた。ウンジンが来てからは、子どもたちにとってサハマンションは全く違う世の中になった。「期待」という感情を新たに知ったのだ。昨日と違うこと、楽しいことが起きるだろうという希望的な予感。

廊下で出くわした304号室の双子のきょうだいの母親が、ウンジンにお礼を言った。

「子どもたちが最近、ごはんをよく食べるんですよ」

ウンジンはここで料理をしたこともなく、子どもたちにごはんを食べさせたり、食事のマナーを教えたりしたこともない。だが、子どもたちがごはんをよく食べるようになったのはウンジンのおかげだと、子どもたちも、その子の保護者である大人たちもみんな知っていた。

ウンジンがサハマンションの子どもたちと過ごしている間、主任保育士もウンジンとの約束を守るために頑張っていた。就職先の割り当てシステムを個人が変えることはほとんど不可能だと知りながらも、粘り強く意見を出した。一度公の場で話し合ってみると、同じ問題意識を持っている講師や保育士は多かった。L2を保育スタッフとして採用すべきだという建議も提出しつづけた。保育士は夜間や土日も休めない職種なので、三交代で働いている。働く者の福祉と施設の円滑な運営のために補助的人材が必要だという主張は容易に受け入れられたが、L2にこの仕事を任せることが可能かについては論議が長引いた。施設は、ウンジンのケースで検証してみることにした。ウンジンは二年契約で働くことになった。

長いこと待った。だが、いざ良い知らせを聞いても、ウンジンは心の底から喜ぶことができなかった。自分があの施設に行った後も、サハマンションの子どもたちはちゃんとごはんを食べるだろうか。気持ちがしっかり固まらないまま、契約と入所手続きのため施設に行ってみると、ウンジンより主任の方がわくわくしていた。

「ほんとに、頑張ってほしい。あんたのためにも、私のためにも、そしてこの先ここで育つ子どもたちのためにもね」

希望の仕事ができるようになった喜びと、サハマンションの子どもたちから離れる罪悪感の間で悩んでいたウンジンに、自分が何らかのきっかけにもなりうるのだという責任感が芽生えた。ウンジンはコイル式の小さなノートを買って、中庭でやっていた遊び十八種類を描き、簡単に遊び方を書いた。ページが余ったので、動物折り紙の折り方も描いておいた。ウンジンがワンばあさんにノートを渡すと、ばあさんは何ページかめくってみたが、字がよく見えなかったので、誰でも見られるように管理室に持っていってと言った。

体の大きい管理室の男は、すっかり肩を丸め、集中して紙を折ったり切ったりしていたが、ウンジンが来るとちょっと照れくさそうにした。ウンジンは彼にもっとたくさん折り方を教えてやった。模様が放射状に出るように折る方法、連続パターンが出るように折る方法、長い帯状に模様が出るように折る方法、厚い紙の折り方、薄い紙の折り方……。そして、それに合った模様もいくつか描いてやった。男はうなずきながらまじめに説明を聞いていた。

お休みの日にはきっと遊びに来るとマンションの子どもたちと約束した。施設を出るときも小さい子たちと約束したのだった。ウンジンには、最初の約束を守ったのだから、二番めの約束も守れるだろうという自信があった。

ウンジンは赤ん坊たちが泣いている理由が最初にわかる保育スタッフになった。発音がはっきりしない赤ん坊たちの言葉を最もよく理解し、短くなった袖、すり減った靴に最初に気づき、思春期に入った子どもたちが気持ちを打ち明ける先生になり、二年後に契約を更新した。世話をしていた子どもの健康状態が尋常ではないことを最初に認知し、タウンで二人めの新種の呼吸器感染症の患者になった。最初の患者はウンジンが世話をしていたまさにその子だった。

生まれるや否やここに連れてこられ、三年間この施設の外に一度も出たことのない子。その子が最近一か月間に会ったのは、同じ寝室を使っている二歳から三歳の男の子七人、保育士五人、食事補助のアルバイト二人、小児科医師一人で全部だった。みんなこの施設に住み込んでいるか、ここで働く人たちだ。施設の内外を出入りする大人たちによる以外感染するはずがなく、タウンにすでに患者がいたことは明らかだったが、子どもはタウン初の患者として記録された。

検査の結果、同じ寝室を使っている男の子七人は全員感染していた。施設は閉鎖され、八人の患児とウンジンは施設内に作られた救急施設に隔離された。ウンジンは救急施設の中でも子どもたちの世話をした。するしかなかった。病気の子どもたちはいっそう激烈に世話を必要としていたが、誰も救急施設内に入ってこようとしなかったから。L2ではない職員たちは感染の危険のため出勤が禁止され、医療者は最小限の措置だけやって急いで施設を離れた。どうせ治療法もないのだ。医療者にできることは三つだけだった。検査、隔離、隔離解除。

その年、春はためらっていた。日差しが温かくなってきたかなと思うとひどい強風が吹き、新芽が萌え出した後にも木の枝が折れるほどの吹雪があった。感染した子どもたちは春の間もずっと室内だけで過ごした。病気に苦しみながらも、少し楽になると鎮痛剤や栄養剤の点滴針が腕に刺さったままで一緒に絵を描いたり、ボール遊びをしたり、ダンスもした。お互いの顔を描き、窓やカーテンや木や雲を描いた。

子どもたちはウンジンの顔を描いてくれて、ウンジンもありがとうの印にスケッチブックにうさぎの絵を描いてやった。子どもたちはこれはなあにと聞いた。あ、まだ見たことなかったのか。ウンジンは両手を頭に乗せて左右に動かし、ぴょんぴょん跳ぶうさぎだよと教えてやった。子どもたちはまだ理解できない表情だった。一人の子が絵の中のうさぎの耳を指さして尋ねた。

「これ、手なの?」

養護施設が世界のすべてであり、救急施設が今年の春のすべてである子どもたちに、どこからどう説明してやればいいのか。子どもたちは目を丸く見開いて答えを待っていた。ウンジンは、それは手ではなくて耳で、こんなふうに耳が大きくてぴょんぴょん跳ぶ動物がいて、その動物の名前がうさぎなんだよと静かに説明してやった。

ウンジンはインターホンで調理室に連絡し、食事を持ってくるときに子ども図書館にある単語カードを入れてくれと頼んだ。子どもたちに単語カードを見せてやった。山に住むさまざまな動物、空を飛ぶ鳥、花、果実の名前を教えてやった。うさぎのカードが出てくると、子どもたちはいっせいに歓声を上げた。

日が昇って沈むことを教えてやった。月も昇っては沈むこと、月は毎日形が変わること、雨がやむと虹ができることを教えてやった。四季があることを教えてやった。春が過ぎれば夏、夏が過ぎれば秋、秋が過ぎれば冬が来て、冬が終わるとまた暖かい春になり、新芽が出て葉っぱが出て、花が咲くのだと教えてやった。窓の向こうに見える木は桜で、もうすぐ薄いピンク色の花がいっぱいに咲くんだよと話してやった。まだ幼い子どもたちはほとんど理解できない表情だったが、一人の子はウンジンの目をじっと見ながら集中して聞き、そちらへ顔を向け、窓の外を舞い散ってゆっくりと沈んでいく細かい雪を見ると急に涙をこぼした。

「どうして春が来ないの?」

「今は三月で、三月からが春なんだよ。この雪が遅れてるんだ。この雪さえやんだら、ほんとに春だよ」

「雪、やみそうじゃないよ。僕が止まりそうだ」

ウンジンは悲しいという言葉では表現しきれない悲惨さを感じた。のどにぐっとこみ上げてくるものをようやく飲み込んだ。

「悲しいの?」

「怖いよ」

桜が咲く前にその子は死んだ。ウンジンはそのとき、自分がサハマンションを離れなかったら、あのままあそこの子どもたちの世話をしながらサハマンション305号室で暮らしていたらどうなっていたか、しばし考えた。無駄な考えだった。この新型の感染症で施設の子どもの六分の一ほどが死亡し、施設に残ったL2の職員二人が死亡した。そのうち一人がウンジンだった。

施設の乳児担当医は一か月前、セミナーに出るために二日間の休暇を取った。海外の医療者を招聘してのセミナーだった。セミナー参加者のうち一部が新型呼吸器感染症の症状を呈していたが、感染事例として公式にカウントされることはなかった。彼らの移動経路と接触者、経由した医療機関はすべて秘密に付された。情報が過剰に露出すると混乱を招く恐れがあるし、使命感を持って感染症を治療している医療者たちに不利益が及ぶ可能性もあるという理由だった。

児童養護施設や、L2が主に働く現場、寄宿舎などは、疑わしい患者が発生するや否や閉鎖措置を受けた。非感染者も一緒に閉じ込められるケースが大半だった。生き残った者たちは自分で生き残ったのであり、翌年の春になってL2である最後の患者が死亡すると、タウンの新型呼吸器感染症は終結したと宣言された。

３１１号室、花ばあさん、三十年前

マンションの外では、新型の呼吸器感染症が流行しているということだった。サハマンションからは患者が出ていなかったが、病気の勢いが落ちてきたころ、完治判定を受けたという一人の妊婦が、ひときわ出っ張ったおなかを両手で支えながらマンションを訪ねてきた。管理人は本当に完治したかと尋ね、花ばあさんは本当に感染していたのかと尋ねた。妊婦は二回とも大きくうなずいた。

「赤ちゃんは？　赤ちゃんは無事なの？」

ばあさんの質問に女はさらに大きくうなずき、答えた。

「無事です。無事で、今は危険なんです」

おなかが張り裂けそうなほどふくらみ、そのせいでまともに歩いたり座ったりできない女に、まさか出ていけとは、サハマンションの誰も言えなかった。

大粒の雨が窓を割りそうな勢いで窓を打っていた。ラジオから流れてくる音楽はやかましい雨音に埋もれてしまった。どうせよく聞こえもしない上、眠くてまぶたまで下がってきたので、花ばあさんはラジオの電源を切ってしまった。少しして、のろのろとドアをたたく音とかすかな女の声がした。

「助けてください」

そしてまたドアをたたく音。

「あの……私です。助けてください」

初めてサハマンションに来たときの彼女は、ばあさんと呼ばれるにはまだ若いおばさんだったが、マンションの人々に対して、単にばあさんと呼んでくれと言った。みんな言いにくそうだったがやがてその呼び名に慣れ、そうやって何年かが過ぎた。花ばあさんはまだ若いながらもばあさんと呼べないこともない年齢になっていた。だが、その女はなかなか「ばあさん」と呼ぶことができなかった。ばあさんは、自分に対して「あの」と呼びかけているのがその女だと気づいた。

ばあさんはさっと立ち上がって玄関に走っていった。手が震えて、内鍵をちゃんとはずすこともできなかった。やっとドアノブをつかんで開けると、女がばあさんの方へばたんと倒れ込んできた。どれだけ泣いたのか、顔は見る影もなくぱんぱんに腫れている。何日か前、女の垂れ下がってきた腹を見ながらあといくらもないなと思っていたばあさんは、引き出しの奥にしまった分娩キットを出して確認しておいた。一度も使わなかったへその緒を切るためのはさみを消毒しながら、夜遅く急にこの箱を開けることにならないようにと祈った。結局、雨まで降る夜遅く、震える手で箱を開けることになった。

大ざっぱに広げたしわだらけのマットの上に横になった女は、汗にびっしょり濡れたまま、死なんばかりに全身を震わせた。玄関灯が消えた暗い部屋で、枕元に置いた暗い白熱電球が女の顔をオレンジ色に染めていた。滑らかではないガラス窓をつたって雨があわただしく流れ、女の下半身からは羊水と血が混じったねばねば、つるつるするものが流れ出ていた。

本国で、花ばあさんは助産師だった。助産師の資格を持っていたわけではなく、小さな個人病院で看護助手として働いた後、昔の同僚の紹介で助産院に勤め、お互いを助産師先生と呼んでいた。実際に資格を持っていたのは院長だけである。

小規模の助産院だが、病院の分娩システムに気乗りがしない妊婦たちがひきもきらず訪れた。出産は院長が責任をもって担当し、他のスタッフは生まれた赤ん坊を清潔なタオルで包み、母親の懐に抱かせてやり、臍帯拍動が止まったら赤ん坊の父親がへその緒を切るのを手伝い、母親の体から出てきた胎盤や分泌物を捨て、周囲を掃除した。毎日のようにこのプロセスを見ていた花ばあさんは、絶対に子どもは産むまいと思った。

花ばあさんが院長の次に長い勤続スタッフになったとき、院長はきわめて慎重に、自分がやっている仕事を花ばあさんも担当してみないかと切り出した。

「違法だよね。違法ではあるけど……出産過程のすべてに責任を取れる助産師はとうてい見つからないのよ。資格のある人も、キャリアのある人も、この仕事をやってみようという人もいないんだから。たくさん見て手伝って、一緒にやってきたじゃない」

花ばあさんは気が進まなかった。助産師資格を取りたいと思ったこともあったが、そのためにはまずは看護師資格を持っていなくてはならない。つまり大学に入るところからまた始めなくてはならないが、ばあさんには大学を受験して合格してそこに何年も通う能力も時間も金もなかった。ばあさんがためらっていると、院長は提案内容を少し変えた。

「もちろん、全面的に責任を持ってくれっていうんじゃないんだよ。それは私がやるから。でも、何人もの妊婦さんが一度に入院するときがあるじゃない。そういうときよ。そういうときだけちょっと見てちょうだい」

どうせ受験資格はなかったが、ばあさんは予備校に通って助産師資格試験の勉強をした。模擬試験では十分に合格可能な点数が出た。理論でも実践でもひけをとらないという自信が生まれた。二人の妊婦に同時に陣痛が起きた夜、花ばあさんは院長の手を借りず一人で赤ん坊を取り上げた。巧みにちゃんとやってのけた。何の問題もなかった。そして何か月か後から、出産しないようにする仕事もやることになった。

その助産院は用途によって明確に区切ることなく空間を使っていた。妊婦とその家族が妊娠出産の全過程を自然に経験できるようにという意図からである。ロビーの一方では診療を待つ妊婦と家族がソファーに座って話をしており、もう一方では陣痛中の妊婦が陣痛緩和用のバランスボールに座って体操をしていた。ベッドごとに赤ちゃんのベッドもついており、回復室には母親たちが一週間程度泊まったが、流産の危険があったりつわりがひどかったり、さまざまな痛みに苦しむ妊婦の入院室としても使われていた。両足を広げなくてはならない産婦人科用診療台ではなく一般の診察台がある診察室では、産前検査も行い、出産も行い、出産した母親がしばらく休息することもあった。そしてその診察台は、子どもを産むときにも使われたが、産まないときにも使われた。

本国では堕胎がきわめて限定的に許容されていた。両親に感染性または遺伝性疾患がある場合、レイプによって妊娠した場合、妊娠を持続できないほど妊婦の健康状態が悪い場合にのみ可能だった。妊娠初期であっても、妊婦が妊娠の中断を自分で選択することはできなかった。

堕胎への処罰は厳しく、摘発されれば女性は懲役刑や罰金刑を受け、施術した者も懲役刑に処された。医療者は資格を剝奪されることもあった。

花ばあさんの働く助産院では、堕胎手術を行っていた。生命は大切であり、誕生の瞬間は祝福されねばならないが、子どもを産むか産まないかは当事者である女性が選択すべきだというのが院長の考えだった。何はともあれ出産は苦痛である。度重なる痛みや疾病を伴う。原因と結果という太い線に結ばれて続いてきた女性たちの人生は、出産と同時に刀で切ったようにぷつんと途切れ、子どもたちの生活も予想していたものとは全く違っている。子どもが生まれることが常にベストとはいえなかった。

院長には、子どもを産まないという決定は産むという決定と同様重要であり、尊重されるべきであり、だから子どもを産む場所は子どもを産むのをやめる場所でもあるべきだという信念があった。人はよくわかっていないこともあるし、不注意なこともあり、状況や考えが変わることもあるからだ。何より、一度の失敗で一人の人生が壊れてはならないと考えていた。

この助産院内の調理院（訳注　産後の母子の体調管理をするための施設）では、ホルモン調整によって妊娠を中断させる薬を海外から購入して、堕胎を望む妊娠十二週未満の妊婦に販売していた。六か月以内の妊婦にはいかなる身分情報も問わず、堕胎手術をしてやった。もちろん手術費は安くなかったが、といって、法外に高額だったわけでもない。常に通報や取り締まりを恐れ、世間に注入された罪意識に悩んできた。

その日に限って助産院は閑散としていた。院長は家庭分娩のサポートのために急遽出張に出ており、花ばあさんはロビーに置かれた大きな陣痛緩和用バランスボールに腰かけていた。傾けては中心に戻し、また傾けては中心に戻していると、出入り口のベルがちりんちりんと鳴った。誰も見えない。聞き間違いかな。あまり気にせず、またボールの弾力を利用してゆらゆらと遊んでいると、またベルがちりんちりんと鳴った。今度も入ってくる人はいない。何だろう。花ばあさんがボールから立ち上がり、ゆっくりと出入り口の方へ近づくと、ガラスのドアの外にいた小さなシルエットがぱっと消えた。ばあさんはあわててはきものをはくとドアを開け、外に出て、角を曲がって階段まで降りていった。二階と一階の中間の階段に、二十歳には絶対なっていない女の子がうずくまり、その隣に男の子が立っていた。

「いたずらしたの、あんた?」

「いたずらじゃないです」

男の子が反抗期真っ盛りという顔で振り向いて口答えした。

「用事は何?」

女の子は口をつぐみ、男の子は両手で顔をおおった。花ばあさんは何の用事かわかる気がしたが、自分の方から切り出しはしなかった。しばらくして女の子が目を合わせずに聞いた。

「四か月ぐらいだと思うんですが、薬ではできませんか?」

「十二週過ぎたら、手術しないと」

「じゃあ……お金がちょっと足りないんですけど、まず手術してもらえませんか、少しずつ返しますから」

「それはできないよ」

女の子はこんなふうにびしっと断られるとは思っていなかったのか、めんくらった様子だった。花ばあさんはもう一度力をこめて言った。

「お金は借りるなり働いて稼ぐなり盗むなり、自分で考えて、とにかく全額持ってきなさい。先払いだよ」

やむをえないことだった。切実で切羽詰まって危険な者たちを相手にする仕事だけに、冷酷でなくてはいけない。善意や奉仕の心だけでは対応できないのだ。そして男の子に向かってつけ足した。

「費用のことはあんたがどうにかするしかないんだよ。この子がこの未熟な体で、どれだけ大変なことに耐えなくてはいけないか、わかってる?」

男の子は花ばあさんを一度にらみつけると、先に入っててと女の子に言って駆け出した。ばあさんは女の子を連れて助産院に入った。何となくロビーで待たせるのがしのびなく、診察室を開けてやって寝かせ、休むように言った。女の子はありがとうと言ってベッドにするっと飛び込んだ。ばあさんは安堵でも不安でも憐憫でもない、ひょっとしたらその全部が混じったような気持ちになった。

三十分もしないうちに男の子が戻ってきて、受付カウンターの上に紙幣を並べた。金額は先に数えてあったのか、手術費とぴったり同額だった。

「あれからどこでこんなお金を手に入れたの？　あんたには大金なのに」

「盗んだんです。盗めって言ったでしょ」

「手術はいつ受ける？　静脈麻酔だけど、とにかく麻酔はするから、体調が万全でないとね。絶食もしないといけないし」

「体調はどうせよくなるわけがないし、僕たち昨日から何も食べてないんで、絶食はできてます。今日しか時間がないんです。今やってください」

花ばあさんはちょっと悩んだがうなずいた。簡単な手術だし、この子たちには本当に今しかチャンスがないらしい。

「わかった。すぐ準備して始めるよ。でも、これからは気をつけるんだよ」

女の子は診察台にうつ伏せになって寝ていた。人が入ってきたのも知らず、本当にぐったりと寝ているので、ばあさんはとても起こすことができず、しばらく見ていた。花ばあさんを手伝いに入ってきた他のスタッフが女の子を起こし、座らせ、手術について説明しても、女の子は首をこっくりこっくりしながら寝ていた。点滴の針が入っていくときにちょっと目を開けて「お母さん」と言ったが、また目をすっと閉じた。ばあさんはかわいそうに思った。

血の塊をかき出す作業はすぐにきちんと終了した。ばあさんは女の子に毛布をかけてやり、診察台でもうちょっと寝かせてやったが、目が覚めるのが遅すぎる。揺すって起こしても起きない。脈が弱くなり、血圧が落ち、体温が下がってきたが、ばあさんはうろたえて何もできなかった。無免許の違法手術だ。自分はどうなるのか。助産院はどうなるのか。さまざまな考えで頭はいっぱいだった。やっと気を取り直して救急車を呼んだとき、すでに女の子の呼吸は止まっていた。ばあさんはそのまま逃げてサハマンションに来た。

しばらくの間は、診察台に寝ていた女の子が急に目を開けてがばっと起き上がる夢を見た。そのたびに悲鳴を上げて眠りから覚めた。麻酔薬の用量をもう一度計算してみて、二度とまぶたを開けられなかったあの子の顔を思い浮かべた。あの子の手の甲に注射針を入れた場面から、一つ一つ思い返してみた。それ以前の手術と異なる点は一つもない。堕胎手術が違法でなかったら、もう少し早く緊急事態に対処できたのではなかったか、あの子ももうちょっと安全なところで手術を受けられたのではないか。かわいそうにと思うことさえ言い訳のようで、苦しかった。

ばあさんはすべて自分の責任だということをよく知っていた。あんなに大きな過ちを犯したのに罰を受けず、責任を取らなかったのだ。いつか罪の代価を払うことになるだろう、でなければ自らを罰することになるだろうと思いながら生きた。

ばあさんは泣いている女の目を見ながら言った。

「泣いたり叫んだりすると、疲れて産めないよ。だから泣かないの。無駄に力を入れないで、私が力を入れろと言ったら、そのときからウンコするみたいに力めばいい。すぐ済むよ」

女は口をつぐんで泣きやんだ。合図に合わせ、静かに息を吸っては止め、吐くことをくり返していた女が、何か予感がしたように急にばあさんの手をつかみ、赤ちゃんは誰にもやらず自分で育ててくれと頼んだ。

　まず赤ん坊の頭が見えた。真っ黒だった。あまりに真っ黒だった。ばあさんは驚きあわてたが、平気なふりをしようと努めた。頭が見えるというばあさんの言葉に、女はおなかの底から長い悲鳴を上げた。間もなく赤ん坊の大きな頭が膣口を四方に裂きながら飛び出し、狭い肩と胴体が、頭が開けた道に沿って優しくするっと出てきた。

　赤ん坊は両腕を胸に集めたまま、両目をぎゅっと閉じていた。羊水に濡れてもつれて貼りついた髪の毛は目をおおうほど長く、量も多かった。ばあさんが異物を取り除くために赤ん坊の口に吸引器を入れると、指先に固い感触が伝わってきた。用心深く赤ん坊の唇を探ってみた。下の歯と上の歯が四本ずつ、八本。脊髄に沿って背中から頭のてっぺんまで、冷たいものが一瞬にして上ってきて、腕の力が抜け、ばあさんは危うく赤ん坊を取り落とすところだった。それまで多くの赤ん坊を取り上げてきても一度も感じたことのない恐怖が押し寄せてきた。

　眠っているようにとぼけて目を閉じている赤ん坊と、自分自身を全部ぶちまけて永遠に目を閉じてしまった母親。言うべきことが残っているように口を開けたままこわばってしまった母親の顔に、以前のあの女の子の顔が重なって見えた。ばあさんは、何としても母親との約束を守らなければと決心した。

　赤ん坊が生まれると、嘘のようにすぐに雨はやみ、夜はさらに暗くなり、ばあさんは闇に惑わされたように耐えがたい眠気に襲われ、赤ん坊をタオルでぐるぐる巻いて抱き、うとうとした。懐の赤ん坊が細かく身を震わせ、しばらくしてもう一度震えた。ばあさんが注意深くタオルを下に引っ張ると、赤ん坊は顔をすっかりしかめて小さな目であたりを見回し、しゃっくりをした。窓の方を見ていた赤ん坊がばあさんの方に瞳を向けた。はっきりした、鮮明な視線だった。

女の死体は研究所が引き取った。研究所員たちが死体の処置をしている間もばあさんがぎゅっと抱いていた毛布の中からは、ぜいぜいという、どう考えても動物のものとしか思えない音があたりをはばかることなく漏れていた。口の両端に薄くしわが浮いている男がばあさんに近づいてきて、毛布に向かって手を伸ばした。ばあさんはびくっとして一歩後ずさりした。男は両手を広げて手のひらをばあさんに見せ、努めて愛想よく笑った。そして、ゆっくりとばあさんに近づくと言った。

「一人では育てられないでしょう。私が手伝ってあげられるかどうか、確認したんですよ」

ばあさんはこの男を信じられないのと同じくらい赤ん坊も怖かったので、通りいっぺんの愛想を言う気になれなかった。ばあさんがためらっているうちに、男はばあさんのすぐ前まで来て、右の人差し指で毛布の端をそっと下げた。毛布の中を見た男の眉毛が上に飛び上がるとすばやくおりた。表情には変化がなかったが、息遣いが荒くなった。

「一人では育てられないでしょう。いつでも連絡ください。できるだけ手伝いますから」

男の名刺には名前も住所もなく、事務室の電話番号だけが書いてあった。

ひどい日照りだったその年の秋、季節はずれの長雨がやかましく降りしきり、雷が鳴っていた夜、誰も知らないうちにウミが生まれ、女が死んだ。女がふくらんだ腹を抱えてサハマンションを訪ねてきてから正確に十五日めにあたる夜だった。

そしてその夜以後、サハマンションの人々は、花ばあさんに助けてもらってマンションで子どもを産むようになった。子どもたちが生まれて育つにつれて、サハマンションは一つの社会となっていった。


ウミが生まれて何日かの間、スプーンで麦茶をすくって飲ませていたばあさんは、面倒なことが落ち着くとスーパーで新生児用ミルクを買ってきた。一度も母乳を飲んだことのない赤ん坊だ。哺乳びんを吸えるだろうか。重い気持ちで左手でウミを寝かせるようにして抱き、右手に哺乳びんを持った。ちょっと生くさく甘い香りがするゴムの乳首をウミの左の頬にそっと持っていってみた。するとウミは顔を左にぱっと曲げ、乳首がちぎれんばかりに強くくわえ、必死で哺乳びんを吸った。

一気に哺乳びんを空けると、げっ、げっと音を立てて哺乳びんの中の空気を吸い込んだ。ばあさんはすばやくウミの口から乳首を引き離し、赤ん坊を縦に抱いた。ウミは大人のように長いげっぷをし、すぐに古いふとんの布で作ったおむつがあふれるほどの水便をさーっと出した。その後、ウミは顔が真っ赤どころか黒くなるほど泣いて、哺乳びんをくわえさせれば夢中で吸い、おなかがいっぱいになると下痢をすることをくり返した。ばあさんは結局、名刺の電話番号に電話した。

手伝ってくれと言うばあさんはずうずうしいくらいに堂々としていた。それでこそ母親との約束を守ることができると思ったのだ。不安な心を隠して、ぶっきらぼうに言った。

「私はこの子が生きようと死のうと関係ないんだ。でも、人にはやりたくない。それは絶対に嫌なんだよ」

ばあさんは、研究所がウミの成長と治療を助け、それと引き換えにその過程を観察し記録することに同意した。ウミはその日から、研究所が支給する特殊な粉ミルクを飲んだ。病気やけがをすると研究所で治療を受けた。怯えを感じているばあさんに手を引かれて研究所に出入りする小さなウミは、自分がサハとしては想像もできない恩恵を受けていることを知らなかった。だから、サハマンションの病気の住民が自分に対して過剰反応したり、妙な反感を持つことが理解できなかった。変に萎縮したし、ときには腹が立った。

研究所に行ったときも同じ感情を抱いた。面談室の職員はウミとばあさんを覚えていて喜んで迎えたが、すぐに中に通してはくれなかった。事務室に電話して担当者と話し、指紋を確認してからエレベーターに案内した。職員がタッチパネルにセキュリティカードを当てないとエレベーターは来なかったし、そのエレベーターはあらかじめ入力しておいた階でしかドアが開かなかった。毎回、違う研究員が来たが、彼らは全員、白衣に名札がついていなかった。親切で礼儀正しい距離感が漂っていた。

研究所からの呼び出しは不規則だった。少ないときは年に一、二回だったが、多いときは毎週呼び出されることもあった。

「服を脱いでください」

モニターを見つめていた子どもっぽい男性研究員が言った。そのときウミは十一歳で、ばあさんは肩をすぼめているウミのブラウスのボタンをできるだけゆっくりとはずしながら聞き返した。

「ブラウスだけですか？」

「上衣、下衣、下着まで全部です」

「この子ももうすっかり大きくなったのに、ちょっと失礼じゃないですか」

研究員は微笑を浮かべて優しく答えた。

「病院で自分の服を着たまま手術を受ける人はいないでしょう。ここは病院だと思ってください。実際、この子にとっては病院でもありますし」

ウミは低い声で、私、あのおじさんの子じゃないですよとつぶやいた。研究員たちはウミの検査をしながらたびたび驚いたりあわてたりし、ときどき心配し、たまには恐れを見せることもあったが、その理由をばあさんに正確に教えてはくれなかった。わからないと答えるだけだった。自分は新入りの研究員で、責任者に言われた仕事をやって報告を上げるだけで、診断も判断も決定も責任者のやることだと、全員が一つ覚えのように同じことを言った。責任者が誰なのかも教えてくれなかった。ばあさんは要求に従うしかなかった。そのたびにウミにも、ばあさんが感じている不安と疑いと絶望がそのまま伝わった。

その男がサハマンションに来たのはウミが十九歳のときだった。男は、ここに来る前どこで何をしてどのように生きてきたのかも、どうしてここに入り込むことになったのかも言わなかった。そのくせ堂々としているこの男がマンションの人々は気にくわなかったが、花ばあさんの考えは違っていた。

「口にできない事情のある人ってのはおおむね、悪くないもんだ。何とでも言い逃れする人の方が、たちが悪い」

*

そして間もなく、年老いた管理人が大病をしたため、その男が新しい管理人になった。そのときも花ばあさんの推薦だったが、実際、この人以外に管理人をやる人もふさわしい人もいなかった。サハマンションの人々は新しい管理人をじいさまと呼んだ。

マンションの構造も特徴もここの人々の性格もよく知らないじいさまは、苦労して雑多な用件を処理していった。そこへ突然、赤ん坊が現れた。生後百日にもなっていないような赤ん坊は何重にもしっかりくるまれて、メモの一枚も添えずに管理室の前に捨てられていた。おくるみと産着は高級そうに見え、赤ん坊特有のおっぱいくさい匂いが漂っていた。何か食べる夢を見ているのか、凍えて青ざめた唇をもぐもぐさせ、唇のそばには吐いた跡が細長くついていた。

管理室のじいさまはあわてふためいた。おくるみごと赤ん坊を抱き上げて花ばあさんの部屋のドアの前までやってきたが、また管理室に戻り、おくるみを管理室の床におろしてまたばあさんの部屋の前に行き、明かりのついた窓の方をちらっと見るとまた管理室に戻った。中庭でタバコを吸いながらじいさまを見ていたA棟の男性住民が、ぶらぶらと管理室にやってきて尋ねた。

「じいさま、花ばあさんが好きなんですか?」

「うるさい、馬鹿野郎」

「いつもそうじゃないですか。花ばあさんがいるとわけもないのに口ごもったり、席をはずしたりして。他の誰にもそんなことしないのにさ。このマンションの他の人には全員、ずいぶんな対応してるのに、どうして花ばあさんにはそんなに固くなるんです? 好きじゃないなら、弱みでも握られてるんですか?」

じいさまはおくるみをそっと開けて、男に赤ん坊を見せてやった。男はびっくりして持っていたタバコを遠くに投げ、両手で煙をバタバタと払った。

「ここでこの子を育てられる人は、ばあさんしかいなさそうですね」

「一人でウミを育てるだけでも大変だったろうに……悪くて言い出せないよ」

「ウミはじいさまの子なんですか? どうしてじいさまが、ウミを育てるのも大変とか、悪いとか言うんだ? ほんとに変だよ」

男は頭をぐっと突き出して赤ん坊をしばらく見つめていたが、かわいいねと言ったほかにはあいさつもせず、のらりくらりと管理室を出ていった。

結局じいさまは、赤ん坊を花ばあさんのところに連れていった。花ばあさんが人差し指の先で赤ん坊の右のほっぺたをとんとんと触ると、赤ん坊の頭がばあさんの指に沿って動いた。口をちょっと開けて舌をそっと突き出し、下唇にのせ、宙にむかってずっと何か吸うしぐさを見せていた。

「おなかがすいてるみたいね」

ばあさんは赤ん坊を胸に抱き寄せ、赤ん坊の顔に息がかからないように顔をそむけて、少しずつ息をしていた。じいさまは、花ばあさんがまるで赤ちゃんに隠してため息をついているみたいだと感じ、この子を引き取って育ててくれるんだなとほっとした。

タウンでは赤ん坊が捨てられることはない。タウンは生命の価値を何よりも重要に考えるため、誰でも、たとえサハであっても、何の条件も負担もなく医療者のサポートを得て安全に出産することができる。だから、まだ幼い女生徒がトイレで一人で赤ん坊を産むといった事件は起きない。だが、別途に費用を支払うこともなく赤ん坊と一緒に退院できるのは、医療保険に正常に加入している人だけだ。保険に入っていなかったり、身元を明らかにできない母親たちは、赤ん坊を病院の新生児室に置いたままこっそり逃げ出した。残された赤ん坊は公共の養護施設で十分な栄養を摂取し世話をしてもらい、適切な医療と教育の恩恵のもとで育ち、十六歳になるとL2の在留権をもらって施設を出る。

住民許可制を導入し、良質な人材にのみ国籍を与えるタウンは、生産性も国民所得も驚くほど高い半面、労働力が不足していた。食べて寝て排泄する人間が集まって生きている限り、食べるものを作り、寝る場所を作り、排泄物を処理する人が必要だ。企業と工場と研究所が稼働するためには、単純業務を担当する人材もいなくてはいけない。だがタウンの住民はそんな仕事をしようとしない。人口が非常に少ないため、市場規模もごく小さかった。

労働人口の減少を表す「人口の崖」現象を解決して安い労働力を確保するために、タウンは国籍取得資格を満たさない者たちに期限つきの在留権L2を与えた。L2の条件すら満たさない者たちの在留も一部黙認していた。このようにしてL2とサハの比率は徐々に高まっていき、二十年あまり前から住民全体の三十パーセント台を維持していた。少なからぬ比率である。団体を作ったり集団行動したりが十分に可能な規模だが、何十年もの間、これといった動きはなかった。

最初は、蝶々暴動の記憶のせいだった。消防署のヘリコプターがデモ隊目がけて放水し、デモ隊よりも多数の警官が武器を振るう光景が人々の脳裡を去らなかった。そのとき街頭にいた人々の大部分は死ぬか負傷するか、拘束された。結局はみんな捕まった。路地の突き当たり、ビルの屋上、トイレ、または人の家の塀の下などで捕まったし、当日は運良く逃げられたとしても翌日、翌月、翌年に捕まった。その日の状況を話し、書き、描くだけでもあの場にいた者として扱われ、処罰された。誰も蝶々暴動のことを口にすることはできなかった。資料もなく、言及もされないことは人々の記憶の中ですぐに歪曲され、恐怖だけがふくらんでいった。

蝶々暴動の記憶がおぼろげになるころには、もともとここに住んでいたL2より、その二世、三世たちの比率が上回っていた。最初からL2として生まれた子どもたちには疑問も抵抗感もない。妥当性とか義務といった言葉は正確ではなく、運命というにはあまりに大げさだった。もともとそんな人生なのだ。それぞれに与えられた仕事をして金を稼ぎ、一緒に育った仲間の進路を気にとめず、二年ごとに在留権を更新しながら暮らし、似たような人と出会って恋をして、病院に赤ん坊を残して出てくる人生。

花ばあさんのところに来た赤ん坊は、病院に残された赤ん坊とは違っていた。貧弱な環境で不安の中で育ち、L2の資格すら満たせずサハになり、永遠に解けない疑問と、どこに向けるべきかはっきりしない怒りを育てた。サハマンションはもちろん、タウンでもほとんど唯一の「捨て子」。じいさまは赤ん坊を「母なし子」と呼んだ。ウミはこの言葉がすごく嫌でじいさまをなじったが、じいさまは何が悪いのかという態度だった。

「父親という人間はもともといないこともある。でも、母親がもともといない子はいるわけがない。死んだか、子どもを捨てたか、取り上げられたか、そんなところだろ。施設で育ってL2になった子どもたちがなぜ簡単に赤ん坊を産み、病院に置いて出てきて、またL2の供給源になるのかわかるかい？　母親はいなかったと思ってるからだ。最初からいなかったんだ、そういうことはあるんだと。あの子に母親がいないと言いたいわけじゃない。母親はいたと言いたいんだ」

ウミはちょっと自分の母親について考えた。じいさまにも、花ばあさんにも、マンションのすべての人に母親がいたんだなと改めて思った。

「私のお母さんは誰なんでしょう」

「わからんけど、病院に子どもを置いて出てくる両親よりはましだと思うね」

「ここに捨てたところを見ると、病院で産まなかったみたいだけど、いったいどこで赤ちゃんを産んだのかな」

「サハマンションみたいなところが他にもあるんだろうな」

じいさまがあまりに突飛な仮定を平然と口にしたので、ウミはめんくらった。二の句を継げずにいるウミをちらっと見て、じいさまが苦笑いした。

「どうした？　ないと思うかい？　地獄が一つきりと限ったわけでもないだろう。火地獄、水地獄、氷地獄、針地獄、そしてそのすみっこのどこかにサハマンション。その隣に、あの子が生まれたところ」

地獄で生まれ、また別の地獄で育った子。ウミは花ばあさんの手で自分のきょうだいとして育っている赤ん坊を恐れ、哀れに思った。


赤ん坊の成長は遅かった。同じような時期にサハマンションで生まれた下の階の赤ん坊は首がすわって頭を支えられるし、うつ伏せの姿勢から少しずつ腕を伸ばして前に進むこともできるのに、ウミのところの赤ん坊は天井を見てじっと寝ているばかりだった。

「おばあちゃん、この子どっか病気じゃないのかな？　親が育てているうちに問題があると思って、捨てちゃったんじゃない？」

「よく食べてよく出してよく遊んで、時間になればちゃんと眠る。私が見る限り、すごく元気だけどねえ？」

ウミはばあさんが出かけている間に赤ん坊を縦抱っこし、首を支えて、ここに力を入れてごらんと言い聞かせてやり、並んで寝て体をあちこちへ転がし、寝返りの仕方を見せてやったりもした。赤ん坊は短い両腕と足をバタバタさせるだけで、全然まねをしなかった。下の階の赤ん坊がかなり速くはいはいをするころになって、やっと寝返りを打つようになり、頭が重いせいでしょっちゅう床に鼻をぶつけた。痛いのかもどかしいのか、ウミのところの赤ん坊は床につっ伏しておんおん泣いた。ウミは奥手の赤ん坊が憎たらしくて、泣こうが泣くまいが放っておいた。すると花ばあさんが泣いている赤ん坊をまっすぐに寝かせた。赤ん坊はずっとおとなしくて、後ろ頭がぺちゃんこだった。

宵のうちから赤ん坊は口をちょっと開け、万歳するように両腕を上げて寝ていた。ウミとばあさんが声もひそめず、食器の音も気にせずに夕ごはんを食べている間ずっと、赤ん坊は少しも寝返りしないでよく眠った。

「うるさくないのかなあ。何でこんなによく寝られるんだろ」

「おりこうさんだからだよ。あんたはこうじゃなかった」

「私がどうだったっての？」

「抱いてやらなきゃ寝なかった。床に置いといたら泣きまくって大変だったよ。重いことはかなり重かったね。あんたのせいで十年は年とった。そのうち私をおぶっとくれ」

ばあさんの話を聞いて、ウミの頭の中でぴかっとひらめいたことがあった。

「私たちがあの子を抱いてやらないからじゃないかな？　それで首もすわらないし、寝てばっかりいるんじゃないの？」

「まあ、しょっちゅう抱いたり立たせたりして姿勢をいろいろ変えてやれば、赤ちゃんも体に力が入るだろうね。そうすれば体ももっと早く支えられるようになるし。でも、一、二か月早く首がすわったり、早く動けたり早く歩けたからって、それが何？　そんなことが大事なの？」

ウミは眠った赤ん坊を見ながらしばらく考えて、ゆっくりと口を開いた。

「おばあちゃん、私には大事。私は、うちの赤ちゃんが下の階の赤ちゃんより歩くのが遅いのがくやしいよ。下の階のおじさんが、あの子は何であんなに寝てばっかりいるんだって言うのも嫌だ。うちの赤ちゃんを心配してくれるふりして、自分の子の自慢してるんだもん。嫌だったり嬉しかったり、くやしかったり嬉しかったり、そういう気持ちがどうして大事じゃないの？」

ウミは翌日から頑張って赤ん坊を抱いてやるようにした。下手だし、ぎこちないし、人が見るのできまりが悪かったが、それでもできるだけ抱いて歩いた。赤ん坊を抱いて花ばあさんが働いている畑を見物し、遊び場を散歩し、中庭で遊んでいる子どもたちと一緒に過ごすこともあった。そんなとき赤ん坊は足を伸ばし、首を立て、腕をバタバタさせた。床に寝かせてばかりいたころは単におとなしかった赤ん坊が、抱いてやるようになってからは駄々をこねはじめた。夜も昼も寝ずにむずかった。あちこちに体を転がして這い回り、水をこぼし、本を破り、こまごまとした悪さをした。ウミは赤ん坊の面倒を見るのがしんどくなってきた。花ばあさんは、大変ならそのまま知らんぷりして泣かせておきなさいと言った。

「赤ちゃんはちょっと泣いた方が声もよく出るようになる」

「おばあちゃん、私もただ泣かせておいた？」

「あんたは泣かせないようにしても十分泣いてたよ」

ウミは泣いている赤ん坊を抱っこしてやり、あやしてやり、追いかけ回して一息ついて、ふと赤ん坊に名前がないことに気づいた。ここに来てもう三か月経つのに、ばあさんもウミも、ずっと寝ている赤ん坊に向かっておりこうさん、おりこうさんと呼びかけるだけだった。泣かないし、駄々もこねないし、動き回って事故を起こしもしないので、名前を呼ばれることもなかった赤ん坊。ウミはこの子に名前をつけてやることにした。自分の名前から一文字、ばあさんの名前から一文字取ってつけようかと思ったが、花ばあさんが難色を示した。

「ええー、何だいそれ！　私の名前は入れないで！」

そこで、自分の名前だけから一文字とって「ウヨン」とつけた。ばあさんは小声で「ウヨンちゃん」と一度呼んでみて、いいねと言った。こうして赤ん坊に名前がついた。赤ん坊も、自分を思いやり、見守ってくれる人がいるときにむずかるのだ。むずかれば一度でも多く抱っこしてもらえるし、名前も呼んでもらえる。それでまたむずかり、また抱っこされて育っていく。

ウヨンはしばらく花ばあさんとウミの両方をママと呼んでいた。ウミは、ママよりお姉ちゃんの方が難しい言葉だからだなと思い、別に気にしなかったが、花ばあさんは今度も嫌がった。

「私が何であんたのママなのさ？　おばあちゃんだよ。お、ばー、ちゃん」

ウヨンは「ばー」とか「ばーば」とかいう段階を踏まず、すぐにはっきり「おばあちゃん」と言った。ウミも驚いたし、教えた花ばあさんも驚いた。だが、おばあちゃん以外の単語を言うまでにはかなり長い時間がかかった。ウヨンは歩くことも話すこともおむつがはずれるのも最後まで下の階の赤ん坊より遅かった。

＊

B棟316号室に若い夫婦が住んでいた。夫はサハマンションの男たちがよくやる仕事をし、妻はサハマンションの女たちがよくやる仕事をしていたが、ある日から二人ともほとんど家でだけ過ごし、ときどき一緒に外出するようになった。女は真夏に長袖のシャツを着たりマスクをしたりして出かけた。よくある服装とはいえないだろうが、特に変というほどでもない。しかし人の噂にはなった。夫が病的に妻の浮気を心配しているんだとか、妻が病気だとか、夫婦ともどもカルトにはまっているとかいった噂だ。

朝早く、どういうわけか316号室の女が一人でゴミ捨てに出た。いったい何が入っているのかわからないでこぼこの真っ黒なビニール袋を二個ゴミ捨て場に放り出すと、女は畑の方へ行った。雪より雨の方が多かった暖冬が過ぎ、ばあさんの畑には、何の芽かわからないが薄緑色のものが伸びはじめていた。女はその前に立って目をぎゅっと閉じ、下にだらんと垂らした腕をゆっくり広げては閉じながら深呼吸していた。膝をおおう丈の、ぼろぼろのアイボリーのカーディガンの前がはだけ、そこからふっくらした腹が現れた。

偶然会ったとき、腹に手を乗せて何度か胎動をチェックしてみただけで、花ばあさんが正式に検診をしたことはなかった。夫婦がそれを希望しなかった。出産も二人でやると言っていた。ウミは、新生児を一度も抱いてみたこともない男性が赤ちゃんを取り上げることができるのか心配だった。むしろ花ばあさんの方が、昔はみんなそうだったんだし、出産が一大事であるみたいに大騒ぎする必要はないと言った。ウミは、ばあさんは赤ちゃんを産んだことがないからそんなに簡単に言うのだと思ったが、反論はしなかった。女の腹は日一日とふくらみ、ウミの不安感も臨月のおなかのように手のつけようもなくふくらんだ。

「おばあちゃん、316号室の人だけど。おなかがものすごく大きいよ。もしかして双子じゃないかな?」

ばあさんは答えなかった。


夜遅く、夫婦が花ばあさんを訪ねてきた。夫婦は、赤ん坊の体が大きいらしく母体の健康状態もよくないが、安全に出産できる場所をやっと見つけたのでそこへ行くとあいさつした。ばあさんは、こんなに急なあいさつをするのも、サハマンションの人間が出産して赤ん坊を連れ帰ることができる場所があるというのも疑問だったが、元気で頑張ってらっしゃいと言うしかなかった。

膝を曲げて座った女が、苦しいのか座り直して腹を撫でると、男が腕を伸ばして腹に乗せた女の手を握った。男の手がぶるぶる震え、その手の上に女が自分のもう一方の手を乗せた。はじけそうな腹の上に、不安と恐怖と恐れがどんどん積もっていった。ぐらつく石の塔にもう一つ石を載せたように心が辛くなった花ばあさんは、さっさと二人を帰宅させようとして、同じ言葉をくり返した。

「家に帰って早く寝て、元気で行ってらっしゃい」

夫婦は返事もせず、立ち上がろうともしなかった。しばらく後、男がやっと口を開いた。

「それでですね、おばあさん」

そしてまたしばらく何も言わなかった。ばあさんが先に尋ねた。

「何か話があるの？」

女の目から涙がぽつんと落ち、男はその涙と同じように頭を垂れた。

「検診をしていただきたいんです」

細かい花模様のふとんはすっかり色あせ、花粉のような細かい毛羽が立っていた。すっぱいようなばあさんの体臭がしみついたふとんの上に寝ると、女はおかしなほど心が安らかになり、眠気が襲ってきた。

ばあさんは、肌がぱんぱんに張り、毛細血管がはっきり見えるおなかの中の赤ん坊を探ってみた。あっ……頭の大きさ、手足の動き、腹の中の位置まで、これはいまだかつて経験がない。だが子どもはもうすっかり育ちきっており、すぐに産んでしまうしか手はないようだった。ばあさんが言えるのは一言だけだった。

「元気で行ってらっしゃい」
女は元気で行ってくることができなかった。一週間して、からっぽのバッグだけを宿命のように引きずって帰ってきた男は、子どもも母親も死んだと言った。誰も、何も聞かなかった。男はまた家に引きこもった。一人だった。

大粒の雨がどっさり降り、畑の土はすっかりえぐられてしまった。浅い根っこが土の上に現れ、まだ熟していない実が雨水にぷかぷか浮いた。花ばあさんは朝から、脇が破れた雨合羽を着て畑に来て、露出してしまった根っこを埋め直し、固められるところは土を固く踏み固め、つるの横に支えの棒を固定した。食べられる実を選んで拾いながら、もったいない、もったいないとつぶやきつづけた。着ても着なくても変わらないような雨合羽の中には雨水がびっしょりしみ込み、ぶるぶる震えながら、まだ緑の部分の方が多いミニトマトを片手いっぱいに持って畑を出たが、B棟三階の廊下に黒い人影が見えた。廊下に立って畑を見おろしている316号室の男。明らかに距離があったので、男の顔はよく見えなかったが、それでも目が合ったことはわかった。

ばあさんは家に入れという意味をこめて手を上げ、追い払うような身振りをしてみせた。男はじっとばあさんを見ているだけだった。ばあさんはまた、帰れというジェスチャーをした。畑の前に立ち、雨に濡れっぱなしでずっとそれを続けた。しばらくすると男は深く身をかがめてあいさつし、316号室に入っていった。花ばあさんはひどい風邪をひいた。

311号室、ウミ

研究所で働く人たちだけでも何千人。ここに付設された大学と高校、英才教育院、各種実験室に出入りする人たちがさらに何千人もいるというが、ウミはいつも、研究所は閑散としているなあと感じていた。ゆっくり歩き、静かに話し、目をちゃんと合わせない人たち。面談室と廊下とエレベーターで人に一人も会わない日には、静けさが圧迫として迫ってきた。

身体測定、血圧測定、脳波検査、採血……。透明な仕切りで分けられた検査ブースの端に、一人用のソファーとテーブルがあり、テーブルの上にはいつも同じメーカーの五百ミリリットルのミネラルウォーターのボトルが一つ置いてある。ウミは五百ミリリットルを休まず一気に飲んだ。初めのうちは、水も口にしなかったものだ。

白衣の袖をまくり上げた女性研究員の指先は冷たく、湿っていた。ウミはディスポーザブルの注射器を袋から出す彼女の慣れた手つきをぼんやりと見ていた。爪がきれいだった。明るい顔、優しいまなざし、長い指などより、その爪が特にウミはうらやましかった。丸くて白く、固く、清潔な爪。均一なピンク色。甘皮の手入れもしていないし、マニキュアも塗っていなかったが、手と爪の持ち主がとてもこざっぱりした人であることは想像がついた。

女がウミの肩に消毒綿をあてて揉んだ。アルコールが揮発するとき、腕から始まった寒気が一瞬で全身に広がった。ウミは、眠りから覚めたようにハッとして気づいた。女が鼻歌を歌いながらトレイの上に注射器を載せるとウミはすぐに顔をそむけ、目をぎゅっとつぶった。力を抜こうと努めても、すぐに腕に力が入ってしまう。針が肌を貫いて入ってくる痛みより、緊張した腕の窮屈さの方が耐えがたかった。女が小さく笑った。

「終わりましたよ。可愛いですね、目をつぶったりして」

女はウミの名前を呼ばず、ウミも女の名前を知らなかった。同じ人が検診を担当したことは一度もない。うっとうしく、寂しく、腹も立ったが、いつからかそれでいいんだと思うようになった。何の注射かと聞いてみたこともある。たぶん九歳のころだっただろう。そのとき注射を担当した男性研究員は優しく言い聞かせるように、病気を治すためだよと言った。

「私、病気じゃありません」

ウミの返事に男は眉をぐっと上に上げ、瞳をあちこちへ動かすと、君は他の人たちが病気にかからないようにしてあげられるんだと言った。幼いウミはその言葉をよく理解できなかった。それでもう一度はきはきと言った。私、病気じゃ、ありません。男は笑ってすませてしまった。

ウミは健康な爪の女性研究員に尋ねた。

「何の注射ですか?」

女も笑うだけだった。ウミは消毒綿で針の痕を押さえながら注射室を出て、女と並んで廊下を歩いた。床も、壁も、天井まで息が詰まるほど同じ灰色だ。同じ大きさの長方形の窓が同じ間隔で設置され、どの窓にも壁と同じ色のバーティカルブラインドがかけられ、廊下の端には壁面の半分を埋める大きな絵がかけてある。赤ん坊の絵だ。ほっぺたもあごもぽっちゃりして、目が過剰に大きく、視線がとてもはっきりして、ぱっと見ると大人のようだった。研究所に全然似合っていないが、長い廊下の終わりにはよく合っていた。ウミは毎回、赤ん坊の絵を興味深く見ながら廊下を歩いた。

赤ん坊と目が合ったとき、歩いていたウミは、廊下と天井が渦を巻き、そこに巻き込まれていくような感じがして立ちすくんだ。女の靴音も止まった。

「どうしたんです？」

廊下の端で起きた竜巻がすばやく近づいてきて、赤ん坊の深い大きな目がウミの目の前まで迫った。泡立ちが収まるのと同じように、徐々に意識が遠のいていった。冷たい手が顔を二回トントンとたたいた。ウミは気が遠くなっていく間も、冷たい手、自分の腕を撫でていた指、ピンク色の爪のことを思った。心臓に向かって走ってくる靴音。何気ない声。促進剤のせいですか？　そんなにすぐ症状が出るわけはないのに。血圧がちょっと落ちてますね……。体がぽんと浮いた。夢だろうか。


目の前がすっかり緑色だ。ウミは木陰に寝ている。てんでに違う方向へ思いきり伸びた小枝に、水気をたっぷり含んだ新鮮な緑の葉があふれんばかりに茂っていた。葉は四方にありったけなびいていた。葉っぱのすきまから、目を開けていられないほど強い日差しが注ぎ込んできた。だが、土の質感も、緑の匂いや風も感じられなかった。そのときになって大きなガラス窓が目に入ってきた。窓の向こうの木、葉、日差し。生きているすべてのものは巨大な額縁に入った一つの風景で、ひょっとしたら自分は額縁の中の静物なのかもしれないと、ウミは思った。ドアが開き、さっきの研究員が入ってきた。ウミはゆっくり体を起こして座り、部屋の中を見回した。自分が寝ている簡易ベッドの横には丸いティーテーブルが一つ、スチール製の椅子が二つ、天井に埋め込まれた照明、角には監視カメラ。監視カメラでずっとウミを見守っていたらしい。女はティーテーブルにマグカップを置きながら言った。

「血圧がちょっと低いですね。瞬間的にめまいが起きたようです。温かいお茶を飲めばよくなりますよ」

最後まで聴覚を失わないように頑張ったおかげで、ウミははっきりと聞いた。促進剤。促進剤のせいかもしれないと。ウミはマグカップを両手で持ち、ずーっと音を立ててお茶と空気を一緒に飲み込んだ。ほろ苦くさわやかなハーブの香り。カップを置いて深呼吸するウミを見守っていた女が、薬の袋を差し出した。

「頭痛がしたり風邪っぽい感じになることがあるかもしれませんが、どんなものであっても鎮痛剤は飲まないでくださいね。この薬が役に立ちます。明日もう一度同じ注射をして、次は月曜日の九時までに来ていただいて採血すれば終わりです」

「わかりました」

そのときウミに言える言葉はそれだけだった。

ウミは自分の性別やアイデンティティについて特に考えてみたことがなかった。容貌への不満もなかったし、きれいになりたいという欲望もなかった。だが、背が伸び骨盤が広がり、胸の形がかなりはっきりしてからも月経が始まらなかった。

こわごわ待っていた十六歳の夏のことだ。研究所からの帰り道、ウミは女子高校の前の屋台でヘアピンを一つ買った。模様のない紫色のリボン形のピンだ。プレゼント用のラッピングをしてくれるかと聞くと、店の主人は笑いながらラッピングペーパーはないと言った。ウミはそのピンをかばんの奥にしまった。

人のいないテナントビルのトイレに入り、髪にとめてみた。なかなかだった。意外とよく似合っていたので嬉しかった。鏡に映った素顔とリボンのピンを交互に見ているとき、トイレのドアがバタンと開いた。ウミは急いでピンを外した。ピンがウミの大きな手のひらの中で二つに割れ、同時にウミの下半身から何かがすーっと流れ出た。あ。ウミは、自分の心臓がすさまじい勢いで拍動し、骨を折り、皮膚を破って飛び出してくるような気がして、Tシャツの上から胸を押さえて個室に飛び込み、ズボンをおろした。下着とズボンは尿でびっしょり濡れていた。とんでもない失敗だったが、ウミは驚きもあわてもしなかった。ただ、何らかの感情が一緒に流れ出してしまったようだった。

三か月ほどして月経が始まった。そのときは何も感じなかった。期間も出血の具合も不規則で、痛みも非常に強く、辛いばかりの体験だった。成長ではなく病気と感じられた。そして産婦人科の検診が始まった。卵巣に小さなこぶがあるといわれ、全身麻酔を必要とする手術を勧められたので一度受けた。処置がすべて終わってから、簡単な手術をしておきましたと告げられることがよくあるのだった。子宮内膜症の治療は続いている。目が痛くなるほど明るい照明、両足を広げて寝なくてはならない診察用の椅子、自分の足の間に顔や指を寄せて平気で会話する研究員たち。ウミは歯を食いしばって横たわり、生き残るために耐えしのぶべきことについて考えた。

＊

月曜日の朝、ウミは約束の時間よりずっと早く研究所に行った。気が重く、緊張しているせいか頭痛がひどかった。こんな状態で採血をしてもいいのだろうかと聞くと、初めて会う男性研究員が、かまいませんと言って笑った。

「でも、頭痛は辛いですよね。促進剤の後遺症があるんじゃないかなあ。腰が痛くなる方が多かったというんですけど。睡眠は取れてますか？　お辛いでしょう？」

心のこもった声だった。ウミは緊張が解けて頭痛もちょっと落ち着いた。ひじの内側をさすって静脈を探す男の曲がった鼻をじっと見ながら、彼が何気なく口にした言葉について考えた。促進剤の後遺症があるんじゃないかなあ……腰が痛くなる方が多かったというんですけど……。ウミが打たれた注射はやっぱり促進剤だったのだ、そして促進剤を打たれた人がウミ以外にもいたのだ。この人は何の意図もなく、こんなことを口にしているのだろうか。

ウミは両腕に針を刺し、四十度ぐらい傾いたベッドにもたれて横になった。

「二時間ぐらいかかります。必要なものがあれば私を呼んでください」

男は簡単に説明した後、席をはずした。ウミの左のひじの内側から出てきた黒ずんだ血は、透明なチューブを通って、ボタンと計器盤と各種の管が複雑にからみ合った血液遠心分離装置に入っていく。そしてまたウミの右手の甲に戻ってきた。

ウミは体を動かすことができなかった。目をつぶっていたが、照明が明るすぎ、大きな機械が耳障りな音をわんわん出しながら動いているので眠れなかった。音楽をかけてくれたらいいのに。ウミは男を呼ぼうかと思ったがやめておいた。腕がしびれ、そのたびにゆっくりと拳を握っては開くことをくり返した。何となくましになるような気もする。思ったより時間がかかり、三時間ちょっと身じろぎもせずに寝ていたが、最後まで眠れなかった。採血が終わったときには頭痛がして、痛みよりトイレの方が先だった。

エレベーターに向かって歩いていく間、男は目につかないほどわずかずつウミに近づいてきた。こんなふうにしてずっと歩いていったら、廊下の端では手も握れるほど近づくだろう。彼はずっと話しつづけていた。ウミはそのつど男の質問に短く答えながらチャンスを待った。バスに乗って来たんですか？　はい。今日はお疲れになったでしょう？　はい、少し。大変でしたね。今日は何を採取したんですか？　白血球です。

たまにこんな暗号のような会話が行き交うことがあった。担当者が毎回変わるので、一度も同じ人に会ったことはないが、会話の仕方は似ていた。質問と答えが続き、質問する者と答える者が奇妙に逆転する瞬間、ほとんどの人はウミの話を理解できず聞き返すが、自然に会話をつなげていく人たちがいる。彼らとの短い会話を通してウミは、自分が研究所に血液から造血幹細胞、白血球、卵子などを提供しているという事実を知った。なぜ必要なのか、どこに使われたのかはわからない。長い間ピースが足りなかったパズルが合った。情報がなくていらだつより、いろんな推測をしすぎて疲れたり不安になることの方が辛い。

彼らはお互いを知っているのだろうか。初めウミは、研究所内に、何らかの約束や規則を共有している集団があるのかと思っていた。だが、情報の糸口はあまりにとりとめがなく、ときには重複しており、何となく信頼できないものもあった。結局、それぞれ個別の逸脱者がいるのだと思うようになったが、「逸脱者たち」というゆるくて巨大な集団と見ることもできるのではないかと考えていた。

男は首にかけていたセキュリティカードをエレベーターの横のタッチパネルに当てた後、番号を押す窓が出てくると四階のボタンを押した。

「先回、産婦人科の検診をお受けになったようですね。組織検査をするので、四階の検査室に行きます。このエレベーターからお降りになると四階で、検査室の担当者が迎えに出ていきます」

ウミは男の一歩後ろに立ってエレベーターを待ちながらポケットに両手をつっこんだ。ポケットには、いつ入れたのか思い出せないしわくちゃのパンの包み紙が入っていた。ヘンゼルとグレーテルのお話を思い出した。ヘンゼルは家への帰り道を忘れないように、持っていたパンを少しずつむしって落としながら歩く。ウミは、自分の体は道しるべになるためにむしられ、捨てられるパンみたいだと思った。こんなふうに少しずつ少しずつむしり取られていったら、自分の体には何が残るだろうか。ヘンゼルのパンは鳥たちが全部ついばんで食べてしまい、へンゼルとグレーテルは結局家にたどりつけなかったのに。

サラの冷たい顔が思い浮かんだ。今にも泣き出しそうなときも決然としていたサラの声。ただ生きているだけじゃなく、ちゃんと生きたいの。ちゃんと生きること——もしかしたら私の混乱と疑問の理由もそこにあったのではないだろうか。

「その組織検査、受けたくなかったら？」

ウミが急に尋ねると、男がいぶかしそうな顔で振り向いた。

「え？」

「組織検査受けたくないんです。もう帰ります」

ウミはそれまで一度も研究所で自分の意見を言ったことがなかった。そんなことができると思っていなかった。研究所から呼ばれるたびにやってきて、言われるままに検査を受け、注射を受け、薬を飲んだ。ばあさんはウミに「あんたは健康じゃないんだ」と言った。ウミは別に具合の悪いところがあったわけでもないのに、自分は当然、健康ではないんだと思っていた。だからウミにとって疾病とは、身体に現れたさまざまな症状や兆候を総合判断した結果ではなかった。当然のこととして与えられた運命みたいなものだった。痛みや具合の悪さを感じるから健康ではないのではなく、健康ではないから検診と治療を受ける。因果関係は後者にのみ存在していた。

本来そうなのだと思って生きていた人が「本来」というものはないと気づくまでには時間が必要だった。ウミもそうだった。エレベーターが来たが、ウミは乗らなかった。

「また一階を入力してください。帰りますから」

「採血が終わったら四階の検査室にご案内しろという指示を受けているし、私には決定権がないんです」

「一階に行かせてください」

「私としては、ああそうですか、じゃあさようならって言うわけにはいかないんです。問い合わせてみることはできます。ちょっとお待ちいただくことになりますが。でなければ、まあ、逃げてもらってもいいです。私は足が遅いから」

冗談なのか本気なのか、ウミはしばらく考えた。そして、男の肩につかまって跳び上がると天井に埋め込まれた防犯カメラを爪先で蹴って壊し、男のみぞおちも蹴飛ばした。男はふーっと、息を吸ったのか吐いたのかわからない短いため息をつきながらばったり前に倒れた。ウミは男が首にかけているセキュリティカードを引ったくろうと手を伸ばしたが、非常階段の方から足音がした。ああ、もう！　ウミはとりあえず音のする方と逆方向の廊下に駆け出し、どれでもいいからノブを一個つかんで回した。幸いノブは回り、ドアは開いた。ためらっている余裕はない。すばやくドアの中に身を隠した。

会議室だった。電気の消えた部屋の真ん中には大きな丸テーブルがあり、それを十個ほどの椅子がぐるりと取り囲んでいた。出入り口の向かいのホワイトスクリーンには理解できない印や数字が映し出されており、レーザーポインターを持った中年男性がスクリーンの横に立ってビームを空中に当てている。彼はウミが押し入ってくることを知っていたかのように、平然とした顔で言った。

「スクリーンの後ろに場所があります」

リモコンのボタンを押すとスクリーンがさっと上がった。廊下に響く叫び声、サイレンの音、騒然とした足音。ウミが体を隠すと、男はスクリーンをまたおろした。もしかしてこの男も「逸脱者たち」なのだろうか。ノックと同時にガチャンとドアの開く音がして、無線機の雑音が聞こえた。ウミは目をぎゅっと閉じた。無線機の音が近づいたり遠ざかったりした。手で耳をぎゅっとふさいだが、鋭い女の声がそのすきまを縫って入ってきた。

「お一人ですか？」

「会議準備中です。二十分ぐらいしたらここで会議があるんです。所長やセンター長が参加される、トップシークレットの会議です。もうちょっと準備が必要なので、仕事を続けてもいいですか？」

無線機の音が遠ざかり、今度は男が聞いた。

「外が騒々しいですけど、何かあったんですか？」

「マスターキーが一個、研究員に暴行して逃げたんです。遠くまでは行ってないと思います」

マスターキー？　私のことだろうか。ウミは研究所で名前でも番号でも呼ばれたことがない。そんな変な名前で呼ばれていたのかと思うと、妙に裏切られた気持ちになった。

「では失礼します」

無線機の音がドアの外へ出ていった後も、男はしばらくウミに声をかけなかった。ウミはただ待っていた。男が近づいてきて、スクリーンを間に置いたままで言った。

「階段で地下まで降りてください。そして駐車場の車両出入り口から出てください。階段からの出口のドアを開けるには、セキュリティカードが必要です。私のを差し上げます。ビルから逃げ出せばとりあえず安全です。とりあえずは」

スクリーンが上がり、男は首にかけていたカードをウミに渡した。カードを受け取りながら、ウミが尋ねた。

「マスターキーって何ですか?」

「研究所のプロジェクトの一つとお考えになって結構です。私もほんとのところはよく知りません。あなたがワクチンと難病の研究に貢献しているという事実以外には」

「どうしてよりによって、私なんでしょう?」

「生存者だから」

「私たち、みんな生存してるじゃないですか」

「生き残るのが困難な状況で生き残ったからですよ。それがなぜか、知りたかったのでしょう。知る必要もあるしね」

カードを握ったウミの手に力が入り、カードが徐々に曲がっていった。男は決然としてウミの手首を握った。

「お逃げなさい」

「いいえ。私に何が起きていたのか知らなくちゃ」

「どうやって?」

ウミは答えられなかった。

「とりあえず帰ってください。私が手伝いますから。助けてくれる人たちがいます」

「それ、信じられると思いますか?」

男はしばらくウミを見ていたが、言った。

「ずっと待っていたんですよ。助けたかった」

ウミの胸の中には憤怒で育てた猛獣が一匹いた。いつか標的が現れたら、急所に犬歯で噛みついて一気に息の根を止めることができるよう、荒々しく鍛錬されていた。足の爪はすぐに鋭くなり、閉じ込めておけないほどの攻撃性が育っていた。ときどき内側からウミを引っかくこともあった。だが、そんな、獰猛だった獣が今、床に腹をつけて身を伏せている。猛獣を育てたのは憤怒ではなく寂しさだったことをウミは知った。

*

出入り口の上に設置された監視カメラに小さな赤い光が点滅していた。見えないところから見張っているという意味だ。ウミはドアに背を向けて、男からもらったセキュリティカードをカードリーダーに読み込ませた。ガタン。かけ金がはずれる音、閉まっていたドアが開く音、陰険な歓迎の音。

男は約束通り翌日の夜、ウミに電話をくれた。木曜日の夜十一時二十五分から三十分の間に無人警備システムで管理された後門を通り、裏山を越えて、駐車場を通過して、本館ビルに入れと言った。

——セキュリティチームの人が一人、助けてくれることになりました。だから必ず二十五分から三十分の間に入ってもらわないと。一秒でも早く入ってはいけないし、一秒遅くてもいけません。

ウミは電話機を持っていない方の手で男のセキュリティカードをいじりながら聞いた。

「でも、私がこのカードで後門や地下の出入り口を通ったら、出入記録が残るんじゃないですか?」

——かまいません。

大丈夫ですとか、問題ありませんではなく、かまいません。男の無造作な答えがウミに重たく迫ってきた。

確認、検査、治療、施術、手術……。毎回違う名前によって容認されてきた時間と、そのときの冷たくじめじめした、だるい、熱い、ずきずき痛かった感覚がすべて思い出された。ウミは今さらながら訪れた屈辱感に身震いした。生きているウミの体を思いのままに使ったのだ。何があったのか正確に知りたかった。そして知らせたかった。

必要な関連書籍や記事、研究記録、論文資料などはデータ化され、研究員の誰もが自分のパソコンですぐに見ることができる。だが男は、ウミに関する研究記録を見つけることができなかった。研究所のネットワークに登録されていない資料は、本館の地下三階の資料室に特殊な方法で貯蔵されている。資料室にどんな資料があるのか、どんな方法で保管されているのか、誰がどうやって閲覧しているのかは男も知らない。何人かの研究員が資料室に侵入してみたこともあるが、欲しかった資料は持ち出せなかったと聞いていた。

男は、ウミに関する資料は本館の資料室にあると確信していた。男の役割はウミが資料室に入れるようにしてやること、きっちりそこまでだ。暗号を解くか、施錠装置を壊すか、次はウミの役目だ。

裏山は遊歩道にだけ街灯があるが、それすらほとんど消えていて思ったより暗かった。ウミは足の裏に当たる土の道の質感、足音の響き、そして周辺の騒音で距離と空間の見当をつけながら歩いた。風の音、木の葉が地面の上を転がる音、小さな実が揺れている音。細くざらざらして突起のある何かが引っ張られるようにそっとかすめていく音。汗が頭からこめかみを伝って雨のようにだらだら流れ落ちた。背中もびっしょり濡れていた。

本館に着いたウミは駐車場の車両出口を逆方向に駆けおり、地下出入り口を通ってビルに入った。足音を消すために底の薄いスニーカーをはいてきたので、足の裏が痛かった。裏山を通ってくるときはぴりぴりする程度だった足の裏の痛みは、階段を降りはじめると釘を打つようにドン、ドン、ドンと深く食い込んできた。ウミはとうとう「Ｂ３」と書かれた案内灯の下に座り込んでしまった。大きな手でスニーカーごと足を揉んでみたが、自分の足は大きすぎるという気がした。大きな足をもてあまし、こんなに大きくて分厚くて丈夫にできた足が痛いことに呆れ、この歩みがどこでどんなふうに終わるのかわからないことが怖かった。

膝を立てて座ろうとしたが、腿の厚みが邪魔でしゃがむことができない。不自由な姿勢のまま階段に横たわってしまった。自分でもはっきり理由がわからない涙が出た。涙はだんだん大粒になり、鼻水まで出てきた。両手で口をふさぎ、うめき声を抑えていたので、涙を拭くこともできない。案内灯の緑色の光が涙ににじんで、黄色と白、黄緑色にまたたき、ウミは膝をついて立ち上がり、その色の重なりの中へと入っていった。

地下三階に入るドアは、もらったセキュリティカードでは開けられない。電気室で、約束の時間に一瞬電気を切ることになっているのだが、そのときセキュリティも一時解除される。だが、すぐに予備電源が入って施錠システムが作動するだろう。その空白は長くて一秒。信号音が一度鳴ったらすぐさまドアを押して入らなくてはならない。そのタイミングを逃してはならないし、ためらってもいけない。ウミの耳に、自分の心臓の音が大きくはっきりドン、ドン、ドンと聞こえた。しばらく後、緊張がゆるんでしまったような、気が抜けたような機械音が短く鳴った。ウミはすばやく肩に全身の体重をかけ、もたれるようにしてドアを押した。大きくずっしりしたスチールのドアが開いた。

ドアの上には後門で見たカメラと赤い光。ウミは準備してきた濃いグレーの紙袋をカメラに手早くかぶせた。セキュリティルームのモニターの画面は細かく分割されている上、何百もの映像がずっと循環しながら現れるので、大きな動きさえなければ目につかないだろうとのことだった。男はこの方法で人の研究室に入ったこともあると言い、夜のビルの内部というものはどうせ似たような暗闇ですからねと言った。ウミは紙袋をかぶせて目をぎゅっと閉じ、何事もないことを待った。突然、サイレンが鳴り響き、すべての照明が灯った幻覚が目の前に見えた。さらに目を強く閉じてゆっくり六十まで数えた。幸い、何事も起きなかった。

後門を通過するときにはセキュリティチームに助けてもらい、地下三階に入るときには電気室に助けてもらい、また駐車場に出るときには当直の研究員に助けてもらい、それからビルを出るときには……淡々と口にする男にウミは、その人たちはなぜ助けてくれるのかと聞いた。男は、なぜだと思うかと聞き返した。

「研究所の仕事に、反対している方たちだから？」

しばしの静寂。そして男は答えた。

——セキュリティチームの人と電気室の職員はあなたが気の毒だからで、研究員はあなたみたいな人たちみんなが気の毒だからです、それがすべてです。

「先生は？」

——あなたに会うまでは、漠然とした責任感？　罪悪感？　でも今は、私も同じですよ。あなたが気の毒で。直接的で具体的な気持ちが人を動かすんですね。信念は、それ自体では力がないんです。

廊下の両側には商店街のようにガラスのドアが並んでいた。暗くて中がよく見えなかった。ウミは足音を立てないように、ゆっくりと近づいていった。トイレぐらいの大きさの小さな部屋が廊下を間にして両側にずっと続き、部屋一つにベッドが一つずつ、ベッドの上には人が一人ずつ。両手を胸に乗せ、天井を向いてまっすぐに寝ている人もおり、足を組んで横向きに寝ている人もおり、転々と寝返りを打っている人もいた。ウミが前にも行けず後戻りもできずうろうろしていると、ガラスのドアの一つが静かに開いた。ウミよりずっと小さな影がドアから出てきて、ウミを見ると立ち止まった。

「ここ……資料室じゃありませんか?」

まるで道を尋ねる観光客のようにウミが聞くと、影がさりげなくうなずいた。あわてた侵入者は厚かましくさらに尋ねた。

「資料はどこにあるんですか?」

「ウミ。身長百八十八センチメートル、最近一年間の三か月ごとの体重は九十七、九十五、九十六、九十七キログラムで大きな変化なし。三十年前の九月三十日朝三時ごろサハマンションにて出生。両親は地元人だったが住民資格を持たずL2在留権でタウンに居住するうち父親は同年五月十七日二十二時ごろ新型呼吸器感染症で死亡。母親も妊娠中に感染したが完治、出産中に出血過多により死亡。呼吸器疾患に感染した胎児のうち自然流産せず出生した唯一の事例。新型呼吸器感染症ワクチン及び治療薬の開発、遺伝子突然変異の研究、人間複製胚芽の研究、移植用人工臓器の研究に活用中。続けますか?」

ウミが何も答えられず後ずさりすると、影がウミに向かってすばやく近寄り、手を握った。

「私を連れてってください」

これが資料室の保管方法なのだった。「保管所」は現在、九十七人。養護施設で特に優れた児童を選抜し、数年かけて集中訓練を施した後、テストを通過すれば資料室に配置する。その業務は記憶すること。一日じゅう個人作業室の机に向かって提供された資料をひたすら暗記する。保管所がすべての人名、地名、機関名と各種の数値を正確に覚えると、文書やファイル形式の資料は廃棄される。同じ資料は少なくとも三人の保管所が記憶しており、閲覧要請があればクロスチェックした後に提供するが、この確認段階で保管所の正確さを測ることができる。正確さが一定レベル以下に落ちればもう保管所の役割を務めることはできない。だからといって資料室から出ることもできない。すでにあまりに多くのことを記憶しているからだ。

女は十九歳だと言った。九歳のときに抜擢され、十三歳から資料室で働いてきた。初めは自分に与えられた仕事が好きだった。職場は快適で楽で安全だし、研究所が健康状態も精神状態も入念に管理してくれた。他のL2とは違って選ばれし者なのだ、特別で重要な仕事をしているのだという自負心もあった。何の心配も不満もなく、当然、正確度は高かった。だが彼女は今、放出の危機に瀕している。

「保管所たちは何歳ぐらいで引退するんですか？　もうその年齢になったんですか？」

ウミが聞くと、女は首を振った。

「この方法で資料室が構築されてからあまり時間が経っていないので、まだ老化によって力量が落ちるほど年をとった人はいません。経歴を積めばさらに鋭くなり、熟練度が上がります。暗記力や集中力の問題ではないんです。ミスが発生するのは、感情が介入したことを意味します」

多くを知りすぎ、またそれを全部覚えなくてはならないことが苦しくなったのだそうだ。だが、記憶は人間だけにできることなのだから、と思った。忘れてはならない。忘却を恐れねばならない。だから受け入れていた。忘れないこと、証言すること、記録となること、嬉しいことを長く喜び悲しいことを長く悲しめるようにすること。だが、自分の記憶はそれを必要とするすべての人に公正に提供され、価値ある使い方をされてはいないという事実に気づいてから、正確さは急激に落ちた。

女はウミの腕をさらに強くつかんで、もう一度言った。

「私をここから連れ出してください。お願い」

ウミも、資料そのものであるこの人が必要だった。十分ほどしたらここへ入ってきたときと逆の順序で再び施錠システムが解除され、その瞬間ウミは研究所を脱出しなくてはならない。この人と一緒に出られるだろうか。確信はなかったが、ウミはとりあえず彼女を抱え上げておぶった。

そのとき長いサイレンが鳴り響き、あたりが騒がしくなった。がちゃん、がちゃん、がちゃん……閉めているのか開けているのかわからない自動施錠装置の音がウミの方へ近づいてきた。閉じ込めてやるという意味なのか、出ていけという意味なのか。ウミは女をぎゅっと抱きかかえたまま後ずさりして、壁まで退却した。女の体は熱く、もつれた細い髪の毛がウミのほほをくすぐった。女の服からか体からか、動くたびにかすかな消毒薬の匂いが漂った。

気が遠くなった。行き止まりに追い詰められたのに、異常なほど心は穏やかだった。思考のスピードが半分に落ち、頭の中は故障したぜんまいじかけの人形のようにガタゴト音を立てながらのろのろ回っていた。世の中のすべてのものがゆっくりと考え、動き、語った。めまいがした。


ウミはサハマンションの公式の住民代表だ。サハマンションには思ったより神経を使う仕事が多く、ウミが他の仕事をしたことはない。だからといってマンションの仕事で生活費が足りるわけでもなかった。サハマンションには老朽化に伴ってお金のかかることが徐々に増えてきたが、管理費もちゃんと出せない世帯が多い。ウミ自身、収入のほとんどは「タクシー代」だった。

初めてばあさんに付き添われず一人で研究所に行った日、ウミはエレベーターの中にいるときからずっと、入館証の角を指で折ったり広げたりしていた。ばあさんのようにゆったりかまえて行動できるだろうか。堂々と礼儀正しく、自然に受け取ることができるだろうか。受け取って、その次はどうしたらいいのかな。適当にポケットに突っ込むか、注意深くかばんに入れるか、または何食わぬ顔で封筒で顔をあおぎながら出ていくか。

「タクシーでお帰りください」

面談室のデスクに入館証を返納すると、いつものように職員が封筒を差し出した。ウミは両手で封筒を受け取ると同時に頭を下げて向き直った。かばんにしまうことも、封筒を開けて金額を確かめることもできず、受け取った姿勢のまま、両手で握りしめて走った。腕が固定されているので体のバランスが取れず、よろめいた。ウミはよろよろと正門を出て空車のタクシーを止めた。サハマンションまで、と何気なく言うと運転手は行き先を聞き返しもせず、ルームミラーでウミをちらっと見もせずに静かにタクシーを出発させた。

窓の外では、白っぽい大きな綿毛が渦を巻くように舞い散っていた。ぱっと見ると吹雪かみぞれのようでもあり、たんぽぽの綿毛にも見えた。初夏だからどちらでもない。そのとき綿毛が一つ窓に貼りつき、しばらくかすかに震えてから飛んでいった。尖った種の先に茶色の毛が揺れていた。プラタナスの実だろうか。

サハマンションに続く細い路地を抜けると、大通りに沿ってプラタナスの木が果てしなく並んでいた。春になると種と綿毛がしっかり固まった実が棒つきキャンディーのようにぶら下がり、ウミは幼いころ、マンションの子どもたちと一緒にその実を取り、投げて割って遊んだ。実が割れて綿毛が四方に飛び散るこの遊びを、子どもたちは「爆弾」と呼んでいた。綿毛のせいで鼻水やせきが出たり目がかゆくなったりしてもやめなかった。ほかの子たちは力がないのでかかとで踏んづけて実を割ったが、ウミが手に握って力を入れればガサッと割れた。

今は前のように爆弾遊びをしょっちゅうやることはできない。プラタナスはもう、公園でしか見られないという理由で、何年か前に街路樹の樹種が変わったからだ。プラタナスの綿毛がアレルギーを起こすとことができない。なのに、この種たちはどこから飛んできたのだろう。ウミは、これはあのころのものかもしれないと思った。自分が投げて壊した実。どこにも落ちることができず、どこにも根をおろすことができず、幾度となく風雨と雪に耐えながらさまよって、またウミのところに戻ってきたのでは。

そのときになってやっとウミは封筒を開けてみた。タクシーで十回往復できるほどの金額だった。十分なその金額にほっとしたが、ほっとした自分が恥ずかしくもあった。短い一瞬に安堵と不安と自責とあきらめが順に心を満たした。花ばあさんもタクシー代をもらっていたが、タクシーには乗らなかった。ばあさんは畑をやることと、子どもを育てることしかできなかった。今まで自分の衣食がどのようにまかなわれてきたのか、ウミはやっと気づいた。プラタナスの種の綿毛が入ってきたかのように目が熱くなり、両目から涙がぽたぽたこぼれた。

努力せずに手に入れたもので生きてきた。そこそこの暮らしをしてきた。そうやって生きてきて背が伸び、筋肉がしっかりとつき、力は強くなったが、心がちゃんと育つことはできなかった。成長の過程を飛び越えてすぐに老いてしまった。老いて、弱くなった。ウミは閉じ込められていることも怖かったが、本当は追い出されることの方が怖かったのだ。

ウミと同年代の武装した女が一人と、もっと若く見える男が一人、ウミに向かって用心深く近づいてきた。眠りから覚めた保管所たちは職員の案内に従って冷静に避難しているところで、ウミにしがみついた女はひどく震えていた。

「落ち着いてください。保管所をおろして」

武装した女が両の手のひらをウミに見せると冷静に言った。ウミは首を振りながら後ろポケットから万年筆を取り出した。ウミが用意してきた唯一の武器だ。外見は本当に平凡な万年筆だが、ふたを開けるとペン軸ではなく十センチほどのナイフが出てくる。去年の夏、じいさまがくれたものだ。

雨がちっとも降らない、暑い夏だった。管理室は陰にならないとじいさまがぼやいていることを思い出して、ウミはスーパーでアイスコーヒーを一つとアイスクリームを一つ買った。コーヒーはじいさまにやり、アイスクリームは自分で食べるつもりだったのだが、じいさまはありがとうと言ってアイスコーヒーのふたを開け、ごくごく一気飲みすると同時にアイスクリームを冷凍庫に入れたので、ウミはちょっと笑ってしまった。

じいさまとウミはゴミの収集方法や一階の清掃問題、廊下の手すりの補修工事について話をした。ウミは金属の手すりの間をレンガで埋め、全体をセメントでおおってしまおうと提案したが、じいさまはよく理解してくれなかった。絵を描いて説明しようと思い、ノートの上に転がっていたペンのうち一本を何気なく手に取ってキャップを開けた。ナイフが出てきた。小さいがかなり鋭く研いであり、おもしろいとも危ないとも言いかねた。

「こんなものでりんごの皮むくんですか?」

「りんごは皮ごと食わなきゃな」

「護身用にしては可愛いけど」

「自分を守るためのものじゃないんだ」

ウミは、自分の手の甲に刃を当ててみた。訓練していない人でも自分に致命傷を負わせることができる程度の大きさと鋭さだ。じいさまが話を続けた。

「誰かを守るための最後の手段として自分を捨てるときには、使えるだろうな」

「使ったことがありますか？」

じいさまは首を振った。ウミがふたを用心深く閉めて机に置くと、じいさまがそれを取り上げてウミに渡した。

「やるよ」

「いらないんですか？」

「君たちが使った方がいい」

万年筆を取り出すと二人は同時に拳銃をかまえ、ウミに狙いを定めた。ウミは万年筆のキャップを右手でぎゅっと握り、胴体を口でくわえて引っ張りながら思った。君たち。どうして「君」ではなく「君たち」だったのか。

「来るな」

ウミはナイフの先を自分の首に当てて言った。泣くまいと思ったが、両目に涙があふれた。目の前の風景が、夢のように幻のようにゆらゆら揺れた。

＊

思いきり体を丸めてもまだ狭い。ゴムのように固い膜が体にからみつき、膜と体の間はねばねばする液体でいっぱいだった。鼻の穴の中まで液体が染み込んできて、息をするのが苦しい。ここがどこなのか、目でじかに見たい。助けてと叫びたい。だが、目を開けたら目の中に、口を開けたら口の中に液体が入ってきそうで目を開けることができず、ものも言えない。

液体で鼻の中がいっぱいになり、それが少しずつのどを伝って入っていく。息ができないのにずっと液体が入ってくるので、結局ごくん、ごくんと飲み込む。飲み込みながら息をするために口を開けると、ねばねばする液体がどっと入ってきて、またもやごくん、ごくんと飲み込む。一度にあんまりたくさん飲み込んだせいか、急にしゃっくりが出る。体全体が振動するほど大きくうるさいしゃっくりを一度してからは、もう息が詰まらなかった。鼻と口は相変わらずねばねばの液体でぐっと詰まっているが、苦しくはない。息をしているような気分だ。体のどこかに隠れていたえらが開いたのだろうか。手探りしてみたいが、膜でぐるぐる巻きにされている体を動かすことができない。ひっく。ひっく。体を揺らし、勇気を出して目をぱっと開く。降り注いでくるオレンジ色。目に沁みる。

輪郭がぼけた顔がウミを見おろしていた。嘘のように、人生の最初の場面が思い浮かんだ。恐怖でいっぱいの花ばあさんの顔。

「おばあちゃん?」

ウミを見おろしていた顔が後ろを向いて去っていった。

「おかあさん?」

誰も答えなかった。ウミは腕を上げる元気すらなく、体が全く動かせなかった。しゃっくりをするとのどが裂けるように痛く、またしゃっくりが出るまでうめき声が止まらなかった。しゃっくり、うめき、しゃっくり、うめき……。目を閉じて考えた。戻りたい。ねばねばする液体を飲み込んでいたときに。しゃっくりをしてものどが痛くなかったときに。えらが開いていたときに。


トントン。軽く澄んだノックの音が聞こえた。頭をじかにたたくように近く、大きく耳に響いたが、肌に触れてくるような感じはなかった。ウミは目を半分くらい開けて周囲を見回した。白衣を着た中年の研究員だ。似たような白衣を着た若い研究員たちが、彼を「課長」と呼んでいた。

女を抱き上げておぶったのが最後の記憶だ。前から近づいてくる男に集中している間に、後ろからまた別の人間がウミに襲いかかった。反射的にナイフを振り回したが、のどをさっとかすめたもののはずれたらしい。ウミは体を起こそうとしたが、思うようにいかなかった。

「大丈夫ですか?」

課長の声がなぜか遠くに感じられた。下を向いて近づいてくる顔が水中のように屈折してゆがみ、もとに戻り、またゆがむ。課長がウミの顔の方へ手をぴったり乗せたので、ウミは自分が透明なガラス管のようなところに寝ていることを知った。しゃっくりが出てきた。

「のどが渇きました」

「ちょっとだけがまんしなさい。今、手術中だから」

「体が動かせません」

「麻酔が効いてるんです」

ウミは目の前のガラスの管を見回しながら尋ねた。

「これは何ですか?」

「滅菌室」

課長は不愛想に答えると、振り向いて女に言った。

「眠らせた方がいいな」

女がうなずくと、トレイから注射器を一本取り上げた。ウミが急いで言った。

「ちょっと! 私は病気じゃありません」

課長が振り向いてウミを見おろした。ガラスの屈折でゆらゆらする課長の顔からは表情が読み取れなかった。

「そちらさんは病気じゃない。私たちはその理由がとても知りたい。だから理由がわかるまでずっと見守りたかったんだが、そちらさんがいらないことをするのでね。何事もなかったように帰すわけにもいかないし、ここで暮らしてもらうわけにもいかないし。我々も今、本当に困っているんですよ」

ウミにつながれたたくさんのチューブの一つに女が注射針を刺し、ウミは気を失うまいともがきながら叫んだ。

「私を手放してもいいの？　まだ私が必要なはず」

そして、さらに何度か叫んだ。帰してくれ、出してくれ、死んでしまうと叫んだ。のどの中からむかむかするような薬の匂いがこみ上げてきて口の中に広がると、もう声が口から出なかった。言葉たちは子猫のようにウミの夢の中にもぐり込んで鳴いた。その鳴き声はあまりにかぼそく、いじらしく、夢とわかっていてもウミは悲しくて耐えられなかった。

ウミの目から涙がぼろぼろ流れると、彼はまるで涙を拭いてやるようにウミの顔が映ったガラス管を撫でながら言った。おまえをこのまま手放すわけにはいかないよ。まだおまえは我々にいろいろなことを教えてくれなくちゃいけない。このまま手放したら、ここまで来たのがあまりにもったいない。

701号室、ジンギョン

ジンギョンは窓際に立って、周波数がよく合わないラジオのアンテナをあちこちへ回してみた。薄紙をしわくちゃにするときのような雑音が、アンテナの動きにつれて大きくなったり、小さくなったりする。雑音が最少になる位置を見つけた瞬間、ニュースが始まった。

最初のニュースはもちろん、謎の死亡事件だ。被害者を解剖した結果、何と六種類もの睡眠導入剤と麻酔剤が検出され、被害者の体と服から検出されたDNAが容疑者と見られるサハのT氏のものと一致した。警察はT氏が被害者にこっそり睡眠導入剤を飲ませ、性的暴行を加える過程で薬物を過剰摂取させ、死に至らしめたものと見て、行方をくらましたT氏を捜索している。今回の事件をきっかけに、サハマンション住民を中心としたサハたちの犯罪が社会問題として浮上しており……。ジンギョンはラジオを消した。

トギョンの事件が起こる前の時期はおそらく、タウンが最も平和なころだったのだろう。長雨を前にして大気は澄み、適度な湿り気があった。タウンの子どもたちの身長と体重が増加傾向にあるというニュースと、雨が降る日は牛乳の販売量が減少するというニュースがメインになるほどだったのだから。事件はトップニュースに躍り出た。閑散とした公園の車の中で発見された女性の死体。性的暴行の痕跡。好奇心を刺激するのに十分だった。そしてその女を執拗に追いかけ回し、悩ませてきた男性がいるという証言が現れ、その男性がサハであることが明らかになると、事件は全く別の方向へ進展していった。

サハマンションをめぐる不満と不安の声が高まった。サハマンションが全世界の犯罪者の隠遁先となっているという主張は、トギョンのケースに限って事実だった。麻薬と違法な銃器取引きの温床になっているという主張は、ジンギョンが知る限り事実ではない。マスコミではただちにマンションを閉鎖してサハたちを追放しなければとんでもないことが起きるような雰囲気を煽っており、市役所の建築課と住民課が緊急現場調査に乗り出した。

やせて尖った木の枝がジンギョンの方へ手を伸ばしていた。ジンギョンは後ずさりしたが、枝々はあっという間に伸びてジンギョンに追いついた。その速度が異様なものには感じられなかった。水が斜面を流れ落ち、春風が花びらを散らすのと同じくらい自然なことだった。長く生い茂った枝々はジンギョンの手首と足首にからまり、首に巻きつき、腰をとらえた。髪の毛を乱し、目をふさぎ、股の間を通ってきた。木には感情がないということ、意思も意味もないことがわかっていても不快だった。もてあそばれている気分だった。ジンギョンが枝を曲げたりへし折ったりしながら進むと、枝たちはさらに猛烈にジンギョンを締めつけ、素肌を引っかいた。動くこと自体が辛くなってきた。

小枝さえどうにかすればすみそうでもなかった。ジンギョンはもう根っこを抜いてしまおうと、素手で手当たり次第に土を掘り起こしていった。爪の中に大きく固い砂粒が食い込み、指先がひりひりした。ずきずきと痛みが走る。手の痛みに集中していると、皮膚が引っかかれ息が詰まることも忘れられた。

ついに出てきた人の足首くらいの太さの固い根っこは、土中にあることが信じられないほど土がついておらず、ひげ根もなく、傷もなくきれいだった。もっと深く。もっと深く。根の先端へ向かって掘り下げていくと、根っこが曲がっていた。腕を曲げるように、膝を曲げるように、きっぱりと曲がって地上を指していた。何だろう？　これはいったい何？　ジンギョンはすべすべした根っこに手を当ててみた。温かかった。ふっと動きが感じられた。半径の大きな積極的な動きではなく、心臓のような不随意筋の規則的で微細な震え、収縮のようなもの。

根っこを両手でつかみ、ぐっと引っ張った。まわりの土が持ち上がって抜けてきた根っこは、ジンギョンの足だった。土に埋まっている自分の両脚。動けない体。自分自身を養分として育つ木。再び自分を縛る枝々。

悲鳴とともに眠りから覚めるや否や、ジンギョンは足を探って確認した。固いタコのできた足の裏と、厚くてでこぼこの爪、長い指はそこにあった。体を丸めて両足をぎゅっとつかみ、横を向いてから起きて立ち上がった。そのとき玄関のドアがガタンと音を立てた。ノックの音かどうか確信が持てず、ジンギョンは静かに次の気配を待った。こんどは、かすめるような音だった。さっきのように正面から来てぶつかる短くはっきりした音ではなく、引きずるような長く鈍い音。ジンギョンは走っていって玄関を開けた。

早すぎる朝だ。ドアの外には誰もおらず、廊下のセンサー灯も全部消えていた。もしやと思って手すりにつかまり、中庭を見おろしてみたが、やはり誰もいなかった。妙に涼しかった。暗闇の中、どこからか険しい視線が迫ってくるのを感じながらゆっくり振り向くと、薄いサンダルの底に何かがぶつかった。石ころだった。親指の爪ほどの大きさの小石。花ばあさんの畑から苦労して拾ってきたのだろう。

そのとき廊下の端でぴかっとセンサー灯がついて、ジンギョンの腕に何か重いものが飛んできてぶつかった。そして階段を駆けおりていく、軽い、せわしい足音。ジンギョンは推測や疑念が生じるより前に反射的に後を追って走った。階段を二段抜き、三段抜きでガンガン駆けおり、飛ぶようにしてそれに襲いかかり、首筋をつかまえた。ウヨンだった。

「これは何の真似?」

「消えな」

「え?」

「サハマンションのみんなに迷惑かけないで、消えな」

水飲み場で、畑で、ゴミ捨て場で、すれ違ったことはあった。そのたびにウヨンはすぐに表情を消して視線を遠くにやり、そのせいかいつも怒っているように見えた。ウミのことだけは姉さんと呼んで礼儀正しくあいさつしたが、じいさまや花ばあさんぐらいの年齢でない限り、年上の人にもぞんざいな言葉を使い、失礼にふるまっていた。

「あんたのせいだよ。姉さんを探してよ!」

ジンギョンはウヨンの襟をそっと放した。ウミの行方が三日間知れないのだった。ジンギョンも心配でたまらなかったが、ウヨンのやつあたりはそのまま受け止めてやりたかった。ウヨンはしばらくジンギョンをにらみつけると、地面にぺっと唾を吐いて振り向いた。

ジンギョンはぼんやりと廊下を歩き、一階まで降りていった。あの夜、花ばあさんは水飲み場で水を汲んでいた。水タンク一個をいっぱいにして立てておき、二個めのタンクに水を入れている。ジンギョンは弾かれるように駆け寄って、傾けられた水タンクを支えた。

「一人で水汲みに行かないでくださいってば。私とか……」

私とかウミに、と言いかけて言い直した。

「これからは、私に言ってください」

最後にウミを見た人はじいさまだった。夜の九時ごろだっただろうか。ウミはサハマンションの表示板のところを通り過ぎ、正門の方へ出てから引き返すといきなり管理室のガラスのドアをたたき、今日は何月何日かとじいさまに聞いた。じいさまは返事の代わりに、机の上に置いてあった卓上カレンダーを取り上げて見せてくれた。

「私、もう三十年生きたんだね」

ウミがあまりにだしぬけにそんなことを言ったので、じいさまはちょっとの間、もしかして聞き間違えたのかと思った。その間にウミはサハマンションを出ていき、戻ってこなかった。あの顔はただごとではないと言って大騒ぎしてウミを探していたじいさまはあるときから口を閉ざし、花ばあさんは以後、家から出なかった。ウミが何も告げずに何日もマンションからいなくなるのは初めてではない。警察や拘置所、研究所に行ってきたと言って一晩外泊したことは数えきれず、三日ぶりに帰ってきて旅行していたと言ったこともあれば、一週間ぶりに現れて、体調が悪いので治療を受けていたと言ったこともある。だが今回は周囲の反応が前とは違っていたし、ジンギョンもなぜか不安だった。ジンギョンがばあさんに尋ねた。

「ウミはどこにいるんですか?」

「知らないの？」

「知らないです」

「何で知らないの？　どうして？　何でそれを私に聞くんだい？」

何で知らないの、何で、知らないの、いったい何で、何で、知らないの……。ばあさんは酔っ払いみたいに同じ言葉をつぶやいた。初めは、なぜ知っているのに知らないふりをするのかという皮肉に聞こえた。次は、お前が知らないわけがないだろうという追及に聞こえた。そして最後に、本当に心配して言っているんだとわかった。そのとき管理室のドアがバッと開いた。

「ウミか？」

じいさまがジンギョンの声を聞き間違えたらしい。げっそりとくぼんだ眼窩と頰。あれからじいさまの顔はさらにやつれていた。じいさまの目の方がむしろばあさんより切実で、悲しそうで、ジンギョンはまさか違うとも答えられずためらっていた。じいさまは頭が痛いのか、こめかみをぎゅうぎゅう押しながらまた尋ねた。

「さっきウミの声が聞こえたみたいだったけど？」

ジンギョンがのろのろと首を振ると、じいさまは足の力が抜けたようにがっくりと膝を曲げ、座り込んでしまった。そして、ため息もつかず慟哭もなく涙も見せず、黙って胸をかきむしった。まるでウミにもう何かよくないことが起きた後だとでもいうように。ジンギョンが近寄って腕をさしのべると、じいさまはその腕をぱっと払いのけ、一人よろよろと管理室に入ってしまった。

ジンギョンは花ばあさんが部屋に帰るまで見届けてまた中庭に降りていった。タバコを吸いながらウミのことを考えた。階段を上りながらウミのことを考えた。誰もいない家にぽつんと寝て、ウミのことを考えた。節々の太い手と、大きなでこぼこの前歯について考えた。ぽんと飛び出した眉と頬骨について考えた。考えていると息が乱れてきた。ゆっくり深く呼吸しようと努めてみたが、意思とは異なり、空気が突然なだれ込んでは押し出されていく。荒く息をしながら、じいさまのように胸をかきむしりながら、ジンギョンはウミのことを考え、トギョンのことを考えた。

*

配達員は気乗りのしなさそうな表情で管理室のガラスのドアをたたいた。

「こちら、郵便受けがありますか?」

配達員も、管理室のじいさまもとまどっていた。郵便受けはしばらくゴミ箱のように扱われていたが、今はそれすら全部錆びて口がふさがってしまった。タウンの独立後初めてサハマンションに届いた公式の郵便物だ。じいさまは管理室のドアを開けて出ていき、口ごもりながら言った。

「郵便受けはないんだが……」

「じゃあ、部屋に直接届ければいいですか?」

「何号室?」

「701号室」

じいさまは七階を見上げてしばらく考えてから答えた。

「私が届けてやるから、私にくれ」

「速達です。すぐに届けてください」

うまくいったと思ったのか、配達員はじいさまにすぐさま封筒を差し出して頭を下げると急いで出ていった。不安な気持ちで封筒を受け取り、引っくり返してみたじいさまは、差出人を確認すると肩をこわばらせた。

じいさまは封筒を後ろポケットに突っ込んで階段を上っていった。701号室が遠すぎて息が詰まりそうで、心を空っぽにしようと思って自分の歩数を数えた。113、114、115、116……毎日、百段以上も上り下りしていたジンギョンとトギョンを思った。スーを思った。見回りの仕事としてゆっくり上るのと、701号室を目指してひたすら段数を数えながら上るのとでは全然違っていた。若い人たちにとっても七階まで上るのは並たいていのことではないと想像はつくが、こんなに体が辛くて苦しいとは思わなかった。じいさまは階段を上りながら、ジンギョンの気持ちがいっそう理解できるようになった。

701号室の前に立ってじいさまはちょっとためらった。確かでもないのに無用なことは考えるまいと思い、できるだけ無表情に封筒を渡した。中身を確認したジンギョンは、どこか遠いところに視線を向けたまま、とてもゆっくりと封筒で顔をあおいだ。けだるい風が起こったが、少しも涼しくない。ジンギョンには何の表情もなく、じいさまには郵便物の中身が全く想像がつかなかった。そのときB棟の方から赤ん坊の泣き声がした。サハマンションには今、新生児はいない。猫だった。

「どこかに子猫がいるんですかね」

「発情したんだろう」

「子猫が?」

「子じゃないんだろうな」

「つまり?」

「ジンギョン、おまえ」

「子でもないのにどうして子猫の声を出すんです? どうしていつどこでも発情して、そのくせ何で哀れな赤ん坊みたいに泣くの? おじいさんは見ましたか? 発情した猫なのか、子猫なのか、おじいさんは見たんですか?」

そのようにあっさりと、トギョンの検挙と死刑執行の通知はもたらされた。サハ及びL2犯罪者への刑罰執行条項により、死体は衛生的に廃棄されたという。ジンギョンが小さな手で郵便物をぎゅっと握りつぶすと、紙がしわくちゃになる音が静かな廊下に大きく響いた。薄いガラスが割れるような音だった。ジンギョンはじいさまを押しのけて階段を三段抜き、四段抜きで駆けおりていった。

管理者の足も遠のいたのか、公園ではこの間に雑草が伸びて遊歩道をおおい、岩の間にゴミが突っ込まれていた。すっぱいような腐臭が風に乗ってきた。名も知らない虫が飛んでいる。ジンギョンは事件直後に上った階段の先の空き地の小さなベンチに横になった。暗闇が静かに周囲を包んだ。時間も空間も漠然としか感じられない。怒りはあったが、悲しくはなかった。朦朧として寂しく、限りなく無気力だった。確かに寝てはいなかったが、夢を見ているようだった。こめかみの上に何か垂れてくるような感じがして指を当ててみて、やっと涙が出ていることに気づいた。

誰かがジンギョンの名を呼んだ。夢だろうか。二度めに呼ばれたときは声がちょっと大きくはっきりしていて、ジンギョンはあわてて立ち上がり、ベンチの後ろに体を隠して叫んだ。

「来るな」

だが声の持ち主は近づいてきた。後ろは崖で、前からは何人かの人がおかまいなしに近づいてくる。うかつには動けない。

「おもしろいね。弟もそうだったらしいが」

道の突き当たりで立ちすくむトギョンの姿が見えるようだった。トギョンは最も重要な瞬間に、そのようにためらって決定を下すことができなかった。ジンギョンがいつも一歩後ろに立って、そのまま進め、止まれ、逃げろと合図を出してやっていたのだ。ジンギョンの命令なしで動いたトギョンの最初の一歩はスーに向かった。今までジンギョンは、その一歩の意味と重みがわかっていなかったらしい。いずれにせよ後悔しなかったのであればいい。世の中には、たったの一歩も自分で踏み出せずに終わる人生の方が多いのだから。

肩幅の広い二人の男に隠れて顔が見えない女が、一緒に研究所に行こうと言った。

「お知らせすべきことがあるんですよ」

「私がそれを知ったら何か変わるんですか？」

「私にはわかりませんが」

「だったら、私が知る必要がありますか？」

女は一度あくびをしてから答えた。

「好きなようにお選びなさい。根掘り葉掘り詮索せずに。でもあなたは私についてくることになるはず。何も変わらなくても、知りたいことはあるだろうから。どのみち、人間を動かす最大の力は好奇心だしね」


ジンギョンは黙って長い廊下を歩いた。床、壁、天井まですべて薄い灰色の廊下に同じ大きさの窓が同じ間隔できちんきちんと現れるのを見ながら歩いていくと、めまいがした。ここを歩いたウミのことを思った。花ばあさんの手にしがみついていた四歳のウミ、逃げたかった十四歳のウミ、なすすべのなかった二十四歳のウミ。何十年間もこの廊下を歩くのは、催眠にかけられることのようだったはずだ。

窓のない部屋はひんやりしていた。エタノールかホルマリンのような消毒薬にどっぷり浸けて取り出したようで、清潔だが湿っていて居心地が悪かった。そして頭に響く機械音。その音は右の耳に大きく響き、次は左耳に響き、左右交互にくり返し鳴った。ジンギョンは頭をあちこちへ回しながら、頭を締めつけるような騒音に耐えなくてはならなかった。

入り口には何の装飾も模様もない白木のテーブルがぽつんと置いてあった。両側に四人ずつ、合計八人ほどは十分に座れる大きさだ。テーブルの端の席で、中年男性がお茶を飲んでいた。高さのある、細い持ち手のついたカップからは湯気が立っておらず、ここに座れとでもいわんばかりに、男の向かいの席にも同じカップが置いてあった。水だった。テーブルの後ろにはスチール製の実験台のようなものが四、五個見えた。どうやってもお客をもてなす部屋には見えない。実験室だろうか。なぜ私をここに呼んだのか。ジンギョンの右のまぶたがぴくぴく震えた。まぶたより心の方がもっと震えていた。気が進まないまま席につこうとすると、実験台のガラス板の中に何かが見えた。

ただの実験台ではない。肉屋の陳列台のように長く、深く凹んだ実験台の上をガラス板が覆っており、その中に何かがいた。ジンギョンは恐ろしく、不安だったが気になった。見たくないという気持ちと、この目で確かめたいという気持ちが交互に訪れ、ぐらぐらする。女の言葉を思い出した。どのみち、人間を動かす最大の力は好奇心だしね。

ジンギョンは男が座っているテーブルを通り過ぎて実験台の方へ行き、とうとうガラスの覆いの中をのぞき込んだ。ウミだ。胸から腿までガーゼをかけてあるが、ガーゼがごく薄いので体の凹凸や肌の色、体毛がそのまま透けて見える。白いのを通り越して青い顔色、血の気が全くない唇、半分ぐらい開いて白目だけが見える目。ウミが今、目の前に寝ている。吐き気がこみ上げてきた。ジンギョンは口をふさいでやっと嘔吐をこらえた。

「他の場所で話したいです」

ジンギョンの言葉に男は顔をしかめ、鼻に縦に三本しわを寄せた。

「場所が適当でないからこの研究室にお呼び立てしたんですよ。静かに話すのに、ここぐらいぴったりの場所もない」

男は水を一口飲み、話しつづけた。

「お互い、早めに話を終えた方がよくないですか？」

男が向かいの席を指したので、ジンギョンはテーブルにつかまって歩き、男の向かいに座った。のどは渇いていたが、この人たちが注いでくれた水は飲みたくない。感情がこみ上げてきた。これまで必死に抑えつけてきた感情までが一度にこみ上げてきた。今までに怒りと同じくらいにふくらんだ無力感、それに伴う罪悪感、疑問と疲労が体を何重にも包み、まゆに閉じ込められたように感情を閉じ込めてきた。そして最後の瞬間、まゆを破って出てきたのは蝶々ではなく蛾だった。蛾は汚い粉をまき散らしながら重い羽で羽ばたいた。ジンギョンは男に駆け寄り、椅子とともに後ろに倒れた男の胸ぐらをつかんで揺すりながら叫んだ。

「何でここまでしなくちゃいけないの？　なぜ！」

男はひどくうっとうしそうな顔でジンギョンを押しのけながら言った。

「死んでない」

「え？」

「死んではいないよ」

ジンギョンはトギョンのことを思った。そして顔を上げてウミを見た。半分くらい閉じたウミのまぶた。ふと、唇がぴくっと動いたようでもあった。ジンギョンは、誰の話をしてるのかとはとても聞けなかった。二つの命の価値をはかりにかけている自分が耐えられない。ジンギョンが手を離すと男は無心に服を払い、椅子を起こして座った。男は白くなめらかなカップの曲線を親指の先でゆっくりとこすりながら、つけ加えた。

「死んではいないよ、二人ともね。まだ、ということだがね」

ジンギョンの頭の中に暴風が起きた。男は目を伏せて平然としている。ジンギョンは唇を何度も舌でなめたが、舌先も乾いてしまってべとべとするだけで、唇は少しも濡れなかった。とうとうテーブルに置かれたカップを手に取り、水を一口飲んだ。砂の城を壊したところに海水が染み込んでくるように、舌の突起の間に水が染み込んできた。こわばってしまった口の中と舌の筋肉がすっとほぐれた。ジンギョンは湿った舌で唇を濡らして尋ねた。

「トギョンもここにいるんですか?」

「いや。でも、我々が手伝ってあげることはできそうですよ」

「何を?」

「望んでいることを」

「なぜです?」

「我々が手伝ってもらうこともあるでしょうからね」

男はテーブルの後ろにゆっくり歩いていった。実験台の方へ頭を向け、ウミの顔が見える部分に手のひらをそっと乗せて、撫でるようにガラスの棺をこすった。

「私がアシストを終えて初めて任されたプロジェクトがこの子なんです。当時の総括チーム長が、何かの問題がこじれたのか、資料をごっそり持って蒸発したので、引き受けることになったんですよ。大急ぎで根回しして研究上の空白もきっちり埋めて、ここまで持ってきたんです」

男の濃い眉毛が何度もぴくぴくした。ウミを見つめる目に、その一瞬殺気が走った。ジンギョンは男の目に妙な興奮を読み取った。巨大な白い女が眠っている。知らない人からうっかり受け取ったりんごを食べて気絶した童話の中の王女のように。ガラスの棺に寝ている王女に一目で惚れ込んだ王子は、小人たちに頼んで王女を連れ出す。死んだ王女。死んでガラスの棺に寝ている王女。王子は王女の死体を持ってきてどうするつもりだったのか。もしも家来が間違って棺を落とさなかったら？　のどに詰まったりんごが飛び出さず、王女が目を覚ますこともなかったら？　ひょっとして王子は、二人がいつまでも幸せに暮らしたという結末より、王女が永遠に目覚めない結末の方を望んだかもしれない。

ジンギョンが黙ってカップをいじっていると、ガラスの棺の中のウミがすっと目を開けた。真っ白な唇がそっと開き、深く一回息を吸い込むと長く吐き出した。ガラスの棺に真っ白い息がたちこめ、一瞬で消えた。ウミはまたすっと目を閉じた。ウミが生きている。ウミはほんとに生きている。

「私に何ができますか？」

ジンギョンが尋ねると、男は急いでいると思われては困るというように水を一口飲んだ後で答えた。

「ぜひとも必要な資料が一つある。それをサハマンションのある人が持ってるんだね。その人を説得して、資料を持ってきてくれるといいんですが」

「直接、くれとおっしゃればいいじゃないですか」

「やってみたが、話が通じないんですよ。燃やしてやると脅されてね」

「それは何なんですか？　誰なんですか？　それをなぜ、私におっしゃるんです？」

「そちらさんなら、無事に持ってこられそうだからね」

「なぜ私が？」

「あなたには取り返したいものがあるでしょう？」

ジンギョンは男の提案を拒絶できそうになかった。

「それをやったらあなたは私を助けてくれますか？」

「私が直接何かをどうこうするわけではないです。私に力はない」

「なら、誰が？」

「それは私にもわかりません。誰も知らないのだ。誰も知らない遠くの、大きな誰か。誰かたちだね」

男は内ポケットから名刺を一枚出した。

「考えてみて、連絡をください。どうせなら早くね。私はせっかちな方だから」

ジンギョンは出勤する人々の群れを逆方向にかき分け押しのけ、研究所から出ていった。ポケットには小銭一枚なかった。停留所を通り過ぎると、制服を着た生徒たちがどやどやとバスから降りてきた。灰色のズボンに白いシャツを着た男の子の群れが先に降り、同じ色のスカートをはいた女の子が何人か、その後から降りた。男の子たちはお互いにかばんを引っ張ったり、肩を押し合ったりしながらしばらく先に立って歩いていったが、男子生徒一人だけが停留所の立て札にもたれて立っていた。最後にバスから降りた女子生徒が自然に彼のそばに来た。二人は群れと離れて歩いていった。手をつなぎもせず、話もせず、顔を見合わせたりもしない。ただ前を見て並んで歩いていった。

歩道に沿って植えられた桜の木の枝が自然に伸びて、緑のトンネルを作っていた。日の射す向きによって葉は緑色に、黄緑色に、ときには白や黄金色にも見えた。輝く桜の木のトンネルを通っていく幼い恋人たち。花が散り、実が落ちた夏の桜の木がこんなに美しいとは知らなかった。春のもや、夏の輝き、秋のぬくもり、冬のかすかな光を知らなかった。何も知らなかった。こんなふうでは、生きたとはいえないだろうな。生きているとはいえないだろう。ジンギョンは一人でそうつぶやいた。

じいさまは水飲み場の蛇口にホースをつないで畑に向かって水を撒いていた。ジンギョンは何事もなかったようにぺこりと頭を下げてあいさつしながらサハマンションに入っていった。

じいさまはちらっとジンギョンを見ると、手をぱんぱんたたいて水を振り落とした。水道の蛇口はキイキイと忍び泣くような音を出しながら閉まり、蛇口をしっかり閉めたじいさまの手は濡れていてもざらざらだった。二人は約束したようにトギョンの話は切り出さなかった。

「ウミに会ったか？」

じいさまが急に尋ねた。質問の意図がわからなかったのでジンギョンは答えず、じいさまはとぼとぼと管理室に入ってしまった。ジンギョンは混乱していた。じいさまは、何をどこまで知っていてそう言うのだろう。ジンギョンは廃墟と化した畑を見回した。ばさばさに乾いてしまった茎や葉っぱは、標本になった蝶々の羽のように、手が触れるだけでも粉々になった。またよみがえることがあるだろうか。また芽が出て葉が出て花が咲き、そして実をつけることができるのだろうか。花ばあさんが畑仕事の手を休めてぷつんぷつんともいでいたミニトマトやきゅうり、サンチュやえごまの葉、白菜の花たち……。

ばあさんがそれらをくれるとジンギョンは、土を払ったり水で洗ったりもせず、まずは口に入れた。甘く新鮮な青くさい香り、ときにはすべすべの、ときにはざらざらと舌に触れる触感、さくさくした歯応え。何気なく辛い唐辛子を切って食べて涙がどっと出たこともあった。蛇口に口をつけてごくごくと水を飲むジンギョンを見ながら花ばあさんは、うふふふと子どものように笑った。ばあさんの笑い声を聞いたのはそのときだけだった。

ジンギョンは家に帰ろうかと思ったが、管理室に入っていった。ジンギョンとじいさまは管理室の小さなテレビの前に並んで座った。ジンギョンはポケットに手を入れ、名刺の角をいじりながらウミのことを考えた。死んだように横たわっていた巨大なウミ。ウミが吐き出していた白い息。だが、トギョンは本当に生きているのか。ジンギョンはなぜか恐ろしく、心を決めかねていた。テレビのニュースが始まると、じいさまはこんどもボリュームを上げた。サハマンションを撤去する予定なんだとさ。総理会議では最近、サハマンションを中心に起きている凶悪犯罪を根絶し、都心の再整備事業を始めるためにサハマンションの撤去を決定した。自主退去期限は今月末であり、翌月二日から強制執行が始まる。

サハマンションの人々のほとんどはニュースを聞いているはずだが、誰も、何も言わなかった。他の日と同様の静かな夕方であり、じいさまとジンギョンはぼんやりとそれぞれの思いにふけっていた。じいさまが急にジンギョンを呼び、いや、いいと言い、またジンギョンを呼んではいや、いいと言った。ジンギョンは管理室を出て畑のすみに行き、タバコを吸いながら、男がくれた名刺を裏返してみた。マンションの撤去計画を自分への催促、説得、もしくは通告と思うのは妄想だろうか。そのとき後ろから、誰かがジンギョンの持っている名刺を引ったくった。ジンギョンが驚いて振り向くと、じいさまが後ずさりしながら目を細めて名刺を見ていた。他の人に名刺を見せてしまってもいいのだろうか。ジンギョンはちょっと悩んだが、どうせ電話番号以外には何も書いてないのだ。

「誰だ?」

何と答えるべきかわからず、ジンギョンはただ笑った。じいさまは口をちょっと尖らせてジンギョンに名刺を返し、だしぬけに聞いた。

「ジンギョン、お前、うさぎとすっぽんの昔話、知ってるか?」

「かけっこしてうさぎが眠って……」

「それはうさぎと亀だろ。すっぽんだよ、すっぽん」

じいさまは管理室の前に椅子を持ってきて座ると、話しはじめた。昔々のことだぞ。海の中の竜宮に住む竜王さまが、命にかかわる病気にかかってな……。ジンギョンはじいさまのまじめな表情に呆れてしまった。じいさまは童話を語って聞かせるように声を変えながら熱演した。竜王さまを治せる唯一の薬は、うさぎの生き肝(ぎも)だ。それを探しに陸地へ使いに出されたすっぽんは、うさぎを見つけると、竜宮の暮らしのすばらしさを話してだまし、連れ出す。そしてうさぎを竜王の前に連れていくが、だまされたと悟ったうさぎは、日当たりのいいところに肝を置いてきたから取りに戻らなくてはならないと嘘をつく。結局、すっぽんはうさぎを背中に乗せ、再び泳いで陸に戻っていく。

「お前は、うさぎが嘘をついたことを悪いと思うかい?」

「思いませんよ。命がかかってるのに」

「そうだろう。その通りだ。だから、命がかかってるやつの言葉は信じてはいけないんだ。そこにはいなかったのさ。追いかけても無駄だったんだ。だからいつも、本物はどこにいるのか考えなくちゃいけない」

このじいさま、本当に何か知ってるんじゃないだろうか。ジンギョンは無駄にタバコを一本出してじいさまに差し出した。じいさまは手を振っていらないと言い、管理室に戻ってしまった。ジンギョンはじいさまが座っていた椅子に座り、じいさまの言葉を長いこと反芻した。そこにはいなかった。追いかけても無駄だった。だからいつも本物はどこにいるのか考えなくちゃいけない。

*

職業紹介所の所長のおばあさんはゆっくりと椅子を押しのけて立ち上がり、足を引きずりながらドアの方へやってくると内鍵をかけた。がっちゃんと音を立てて金属がぶつかった。ジンギョンの心の中でも、何かががっちゃんとぶつかった。

所長が事務室の真ん中に置かれたソファーに心身双方の重みをおろすように座ると、ふーっと風が抜ける音がした。所長はこっちに来て座れという意味で、向かいのソファーをあごで指した。ジンギョンは緊張していないふりを装いつつ、背筋を伸ばしてソファーに座った。所長は手をぶるぶる震わせながら、テーブルの下から銀色のシガレットケースを取り出した。ケースの中には細いタバコが八本、きちんとそろえて入っており、所長はそのうち一本を出して逆さに持ち、テーブルの上でとんとんと打った。ジンギョンはすぐにポケットから使い捨てライターを出し、ライターを持った手にもう一方の手を丁重に添えて火をつけた。所長はすっかり破顔して満足げに笑った。

唇に深くくわえたタバコは唾液ですっかり濡れ、何度も塗り重ねた口紅で汚れていた。魂をすっかり吐き出してしまうかのように、所長はひとしきり煙を吐いていた。灰皿には同じ色の口紅がついた吸い殻が五、六本、途中から折れて重なっていた。所長はその上にもう一本の吸い殻の腰を折って載せた。そしてポケットから口紅を取り出し、震える手で念入りに塗った。ジンギョンは何も言わず、所長の儀式がすべて終わるのを待っていた。所長が唇を何度も上下にこすり合わせると、きれいな濃いピンクの口紅は唇のしわをさらに目立たせた。

「あんた、どこまで私を信じていたらそんなたわごとが言えるの？」

「信じていません」

「じゃあ、信じてもいない私に、どういうつもりでそんなことを頼むんだね」

「所長なら手に入れてくださると思って」

「何に使うの？」

「殺してやるんです」

所長は笑いもせず、驚きもせず、平然と尋ねた。

「使ったことあるの？」

ジンギョンは答えられなかった。所長はテーブルの下からメモ用紙を一枚出して、ブラウスのポケットに入れてあった高級万年筆でゆっくりと住所を書いた。

「ここに行ってごらん。私が電話を入れておくから」

所長の顔の右側がぴくっと動いた。所長の意思とは関係ないその動きによって、目の下の深い傷跡が開いたり閉じたりした。ジンギョンが会釈して退出しようとすると、所長が尋ねた。

「お金は？」

「あ、いくらで……」

「いくらならいい？　出せるのかい？」

ジンギョンはメモ用紙の角を手でいじっているだけで、答えられなかった。所長は震える手でケースからタバコをもう一本取り出した。

「支払いが終わるまで、あんたの日当は私に入るからね。だから全額返すまで休まずに、選り好みせずに、私が探してきてやる仕事を一生けんめいやるんだね」

所長はタバコと一緒にケースに入っていた薄い金色のライターを出した。そしてライターを擦ったが、何度やっても火花は散らなかった。輝いていたはずの、だが今はすっかり擦れて金色があせてしまった小さなライターと格闘する所長をしばらく見ていたジンギョンは、ポケットから自分の使い捨てライターを出した。所長は拒絶の意味で手をくるくる振った。

暇だからではなく、むしろ忙しくて不安だからこそ、どうでもいいことに進んで取り組みたくなることがある。固く閉まったびんのふたを開けるとか、汚らしくこびりついたシールを剝がすとか、変なところでからまった結び目をほどくとか。所長にとって今、タバコの火をつけることにはそんな意味があるのかもしれないとジンギョンは思った。

七人の総理が集まって執務する総理館は国会内にある。そういうことになっている。確かなことではない。古い小さな三階建てのビル。総理のための空間をわざわざ別に設けるのは無駄遣いだという初代総理の意向により、今でも国会内部で最小限の規模で維持されているという。富や名誉を誇示できない仕事だから、残るのは自負と責任感だけだ。謎めいた身分、強大な権力、犠牲ばかりで報われることのない人生。住民はそんな総理たちを尊敬し、彼らに感謝した。タウンが世界一安全で豊かで生活の質が高いのは総理たちの正しい判断のおかげだと信じている。タウンには試行錯誤や意見をまとめるための時間の無駄は存在しない。

総理団関連のニュースには常に、同じ資料映像が出てくる。何十年も前に撮影されたような画質の悪い短い映像だ。誰もいないからっぽの会議室。大きな会議用の木の丸テーブルと、背当ての高い黒い椅子が七個置かれている。テーブルの上には七個のマイクが挿してあり、七個のガラスのコップがある。天井には、不釣り合いに派手なシャンデリア。コップ一個だけになみなみと水が注いであるのが変で、ジンギョンはその映像が出てくるたびにまじまじと見たものだった。

その映像以外に公開されているものは何一つない。総理館は徹底して外部の人間の出入りを禁止しており、マスコミの取材も許可されていない。そのため総理たちについてはさまざまな噂も出回っていた。総理たちが思ったよりずっと豪華な生活をしているとか、国会にあるという総理館はにせもので、実際には研究所内部に住んでいるとか、地図にも出ていない小さな島が総理たちのパラダイスだとかいう噂が広まっていた。死亡したといわれている前研究所長は実は総理に任命されたのだとか、有名な映画俳優が総理を兼任しているとかいった話もあったが、明らかになっていることは何もなかった。

毎日午後二時に総理たちの一日会議があり、ジンギョンは二時に青少年の体験学習支援サービス会社のチームリーダーという資格で国会見学の予約を入れていた。今回も所長のおばあさんが手伝ってくれた。所長が差し出した黄色い紙封筒の中には、ある青少年体験学習支援サービス会社の紹介パンフレットと見学申請書が入っていた。

「あんたはその会社のチームリーダーで、明日見学に行くんだよ。身分証明書は中に入ってる」

所長は古い地図一枚と、画質のよくない写真を何枚かくれた。何かの印刷物をところどころ修正液で消して書き直した、出所不明の地図だった。ジンギョンは根拠など少しもないその地図を暗記するほどよくよく見た。写真は国会と総理館のビルが映った衛星写真だった。地図と衛星写真を比較してみるとぴったり合っていない部分があった。密室構造とか、秘密通路などがあることもありうると思った。

地図に指を当て、人差し指で見えない線を引きながら、動線をチェックした。まず談話室で予約の確認。封筒には全く別の名前の身分証明書が入っているが、どうやって手に入れたのか、ジンギョンの写真が印刷されていた。何者なんだろう、あのおばあさんは?

次は所持品検査。ポケットもかばんの中も職員が一つ一つ確認するという。自然な感じを装って持ち込める所持品は携帯電話とカメラ程度。ジンギョンは部品を全部はずして外側だけ残したカメラの中にリボルバーをやっとのことで入れた。ここまでが最初の峠だ。偽の身分証明書とリボルバーを隠したカメラが無事に談話室を通過しなくてはならない。

　国会に入ったら見学担当者に案内されるだろう。別館を通り、本館ビルの本会議場を見て後門に出て、庭園を見て回り、職員をまいて図書館の脇道を通って総理館に入らなくてはならない。写真の中のその道は密林のようだった。長い間手が入っておらず、ひょっとしたらわざと頑丈で荒々しい植物を植えたようでもあり、黒に近い濃い緑におおわれて人の痕跡も全く見当たらなかった。解像度の低い衛星写真だからそう見えるのだろうと自分を慰めてみたが、これは道なんかじゃないかもしれない、総理館ではないかもしれないという恐怖は容易に振り払えなかった。

　靴はかかとの低いものにした。平凡なブラウスに軽い夏用のリネンのジャケットを羽織り、ジンギョンはウミとトギョンのことを順に思い浮かべた。じいさまの言葉を思い出した。

総理館

くたびれた顔でデスクの前に座った中年女性は、予約者の名前と身分証明書のバーコードの読み取り結果が同一であることを確認すると機械的に入館証を出してくれた。写真を撮れないカメラと電話のかかってこない携帯電話も、かばんと一緒にテーブルに載せてあった。服とかばんの検査を終えたジンギョンは、レンズがぐっと突き出たカメラをさりげなく肩にかけ、携帯電話を後ろポケットに入れた。

案内担当職員の靴はヒールが高いため、カツカツという音がはっきり聞こえる。ジンギョンは少しゆっくり歩いた。不安げに見えないように瞳をキョロキョロさせず、あたりを見回すときは頭を左右にはっきりと動かし、所長にもらった地図と頭の中に描いた経路と実際の構造が同じかどうか、落ち着いて確認していった。

まず別館に行った。独立から現在までのタウンと国会の歴史が一目でわかる展示館を見て回り、議政体験館に入った。ジンギョンは意味なくマイクをつけたり消したりし、電子投票機器のボタンも押してみた。職員は、議決案を出し、投票し、採択する過程を生徒たちがじかに体験できるよう、最近新しく建てられた場所だと説明した。ついで、本会議場を見るために本館に移動した。

平日の昼間に入館証を首にかけた若い女性が国会を見学しているのが気になるのか、警官たちがしきりにちらちらとジンギョンを見る。そのたびジンギョンは写真を撮るふりをしてカメラで顔を隠した。ケースだけで中身のないカメラ、レンズのむこうが見えないファインダー、押しても写真が撮れないシャッター、記録が残らないメモリ。ジンギョンは、自分はこのカメラみたいだと思った。意味もなく表示板を触ったり、開いたドアのすきまをのぞいたり、ノブを回してみた。顔をしかめてジンギョンを注視していた警官たちも、何度か同じことをくり返すと、もともとこういう変な人なのだと思ったのか無関心になった。

「ちょっとトイレに」

廊下の端にトイレの表示がひょっこり出ていた。ジンギョンがそう言うと職員は微笑を浮かべ、どうぞという手振りをした。ジンギョンは同じ速度、同じ歩幅を保ちながらトイレに入っていった。洗面台の水道のレバーを一個、ごくわずかにひねり、細く流れては水滴が落ちる程度に調節した後、六個ある個室の便器すべてに使用可能の緑色の電気がついているのを確認し、最後の個室に入った。

一晩じゅう練習した。上の二個だけはめておいたボタンをはずしてジャケットを脱ぎ、壁の荷物かけにかける。幅広のカメラのストラップをすばやくはずして長さを調節し、両端をつなぎ、肩と胴体に巻くようにしてしっかり固定した後、クッション部分に折って隠しておいたガン・ホルスターを出して広げる。カメラ本体をこじ開け、中に斜めにおさまっているリボルバーを取り出し、ホルスターに装着する。カメラの筐体はトイレットペーパーでぐるぐる巻きにしてゴミ箱に放り込み、脱いでおいたジャケットをまた着る。片手でジャケットのボタンをはめ、もう一方の手では水を流して端の個室から出ていくまでにかかる時間は二分あまり。トイレにはまだ誰もおらず、ジンギョンが出しておいた水は止まってしまいそうなぎりぎりのところでやっと流れていた。ジンギョンは指先にちょっと水をつけ、水道のレバーを回して閉めた。

手の水を払いながらトイレから出てきたジンギョンは警官と出くわした。水がはねると警官は顔をしかめ、ジンギョンは口を開けて照れくさそうに笑いながら、すみませんと言った。ズボンの腰のところで手をすっすっと拭いながら通り過ぎるジンギョンを見て警官は、何て女だ、とつぶやいた。

ジンギョンは職員に、生徒たちが庭園を見学することはできるかと質問した。職員は、ジンギョンが予想していた経路通りに、後門を通って庭園へ案内しながら言った。

「庭園も見ることはできますけど、今は特に見るべきものはないですよ」

国会の庭園は一年に五日間、チューリップ祭りのときだけ全面開放される。二万坪以上ある国会の庭園を色とりどりのチューリップが埋めつくし、花よりもたくさんの子どもたちが国会を訪れる。この行事のために、チューリップは国会と総理団を象徴する花となっている。

「チューリップはがくがないんです。内側の花びら三枚が本来の花で、外側の花びら三枚はがくが変化したものです。このように優雅で独特な形をしているために、ヨーロッパ貴族がとても好んだといわれています」

ジンギョンはしばし目をつぶって、ジェリービーンズでいっぱいのキャンディ・マシーンのような、鮮やかな色のチューリップがびっしり並んだ庭園のようすを想像した。甘い香りが漂ってくるようだった。チューリップ祭りはもう終わり、花はみんな切られていた。

「花がなくて残念ですね」

「代わりに、新しく池を作りました」

図書館の前に、地図にはなかった池が見えた。ジンギョンは職員の一歩後からついていった。総理館とは近くなり、庭園の入り口に立っている警官たちとは遠くなった。

直径三メートルほどの小さな池のまわりを、さまざまな大きさの岩がぐるっと取り巻いていた。ジンギョンは平らな岩の一つに上って水中をのぞき込んでみた。水底の石ころや砂粒が透けて見えるほど水がきれいで、苔も全然生えていない。赤や黄色の錦鯉が十匹ほど悠々と泳いでいた。体長がゆうに五十センチはありそうだが、体は平たく、あまり肉づきはよくなかった。この池が誰もが入れる場所にあるのであれば、人からえさをもらって太れただろう。ジンギョンは岩から降り、職員の右側に並んで立つと、尋ねた。

「えさをやれますか？」

「あ、見学プログラムに入れられるかどうか調べてみます」

「いえ、今」

「今はえさがないんです」

「私、乾パンを少し持っているんですけど。鯉がすごくやせてるから」

職員は困ったように首をかしげて笑い、あ、はい、ええと仕方なく許可してくれた。ジンギョンがジャケットのボタンを一つはずして中に右手を入れると、ジンギョンをじっと見ていた職員が驚いて言った。

「カメラがない！」

ジンギョンは左手で残りのボタンを全部開け、自分の体温で温まった武器を右手に握った。その瞬間、職員の目が大きく丸く見開かれた。口を開けて荒く息を吸い込んでいる。あの息を吐き出しながら大声で叫ぶのだろうな。ジンギョンは左手でジャケットを開け、銃と右手を隠して職員のみぞおちに銃口を当てた。けたたましい銃声が、静かに固まっていた大気を引き裂いた。職員は、ふっという風が抜けるような声を上げて前に倒れた。

所長のおばあさんの友人だという若い男は、ジンギョンにリボルバーを渡しながら一つ一つ説明していった。

「ここを銃口とか、砲口とか、そんなふうに呼びます。銃を撃つと弾丸が出てくるところ。それは知ってるでしょ？　その上にぴょんと出てるのが照準器。照準を合わせるときは、この照準器と後ろの照尺と目標物を一直線上に来るようによく合わせるんです。ここが弾倉を取り外すときに押すボタンで、横にぐるぐる回るのが弾倉。撃つたびにここが一個ずつ自動的に回ります。これ何だっけ？　そうだ、引き金。これは何度も見たことあるでしょ？」

そんなふうに五分ほど説明を聞いたと思う。彼は次に銃の持ち方、照準の合わせ方、反動の抑え方などの手本を見せた。ジンギョンが真似をしてやってみると、姿勢を直してくれた。銃は見た目より重く、手首がしんどかった。男はジンギョンの手を握って上に上げながら言った。

「グロックなんかを使えばもっといいんだろうけど、まあ、気に入ったのを使う方がいいからね。でも、これならリボルバーの中でも小さくて音もしない方だからいいな」

そして事務室のすみの鳥かごを指さした。

「撃ってみて」

「え？」

「あのカナリアの中のいちばん大きいやつに当ててみて」

「ほんとに撃つんですか？」

「じゃあ、一度も試し撃ちしないで実戦に飛び込もうっていうの？　練習の機会はもうないんですよ。これ一回きりです。当ててみてください」

ジンギョンは大きく息を吸ってから吐いた。男が説明した通り、柄を軽く握ると引き金に右手の人差し指を乗せ、左手で右手を支えた。思いにふけっているようにじっと空中を見ている黄色い鳥。ジンギョンはその鳥の小さな頭と照準器、照尺が一直線になるように狙いを定めた。異様なほどに震えが来なかった。目を一度ぎゅっとつぶって開けると、鳥はまだ同じところに同じ姿勢で止まっていた。ジンギョンは右手の人差し指を徐々に自分の方へ引いた。

ガチャン、と空の弾倉が回る空虚な音。振動も騒音も全く感じられなかった。え？　ジンギョンが腕をおろしてカナリアを確認すると、男がくすっと笑った。

「うまい。いいね。いいですよ」

「はい？」

「練習、終わったんですよ」

「当たりましたか？　銃弾、出てました？」

「怖いもの知らずのお嬢さんだね。本当に撃とうと思ったの？ ここで銃声が鳴ったりしたら一大事ですよ。でも、すぐに引き金を引いたところを見ると大丈夫だね。たった八発ですからね。無駄撃ちせずに弾を大事にして、頑張って」

本当にカナリアを撃っていたらどうなっただろうかとジンギョンは考えた。狙いを定めた通りに弾が飛んでいって当たっていたら、カナリアは粉々になっていただろう。平気でいられただろうか。そのときになって震えが来た。怖かった。

だから、これが初めての射撃なのだ。ジンギョンは耳がぼーっとして魂が抜けたまま、図書館と野原の間の土の道を夢中で走った。放っておいたら女は本当に息を吐き、大声を上げただろうか。自分を攻撃しただろうか。私は人を撃った。親切に見学コースを案内してくれた人、トイレの前で待ってくれて、鯉に乾パンをあげることを許してくれた人を。ジンギョンの決心と固い信念にひびが入りはじめた。

土の道を過ぎると、根回りのかなり太い木が道をさえぎって雑然と立っており、その間を膝ぐらいまで伸びた雑草とその巻きひげが埋めていた。ジンギョンは足をできるだけ高く上げ、ぴょんぴょん跳ぶようにして歩いていったが、名も知らない草の茎や地面の上に出た根っこに引っかかってよろけた。前のめりに倒れて土に手をついたとき、手のひらの真ん中がびりっとしびれた。どこにあったのか、一本の針金が手のひらを縦に裂いて親指の下に刺さっている。そのとき後ろから銃声が聞こえてきた。ジンギョンは針金が手に刺さったままとにかく走った。傷がずきずき痛み、手のひらに刺さって飛び出た針金がしきりに服に引っかかる。これじゃだめだと前歯で針金をくわえ、ぐっと抜いた。水鉄砲を撃ったときのように血液が細く吹き出して放物線を描く。反射的に傷跡に口をつけて舌で血を止めた後、走りつづけた。

「止まれ！」

そして二度めの銃声とともに、もっと軽い声。

「止まれ！　止まらないと撃つぞ！」

ジンギョンが錆びた針金と格闘してスピードが落ちたすきに、彼らはさらに接近してきた。庭園の入り口に立っていた警官たちだろう。二人とも追ってきたところを見ると、私が撃ったあの女は見捨てられたのだろうな。いずれにせよ急所だったし、生きてはいないだろうが、それでも女が一人で死にかけていることを思うと罪悪感がずっしりと肩にのしかかってきた。体が重くなったせいか、道がけわしいせいか、ジンギョンはしょっちゅう足がもつれて転び、なかなか前に進めなかった。

やぶに足をとられてよろけた瞬間、耳の横を裂けるような軌跡音と熱気がすばやくよぎった。ジンギョンは腰をかがめてちらっと振り向いた。一人は足を高く上げて遠くからジンギョンに向かって走ってきており、もう一人は肩をぐっとすくめてジンギョンを狙っている。ジンギョンと同じくらい不慣れに見えた。ぐっとすぼめた肩、ぎこちなく曲げた腕、顔と手の距離が次第に近づいていく。ジンギョンは振り向いて狙いを定めたが、すぐに腕をおろしてしまった。どうせあの男も自分も命中させられないだろうと思った。ジンギョンは総理館のある方向へ全力疾走した。道の突き当たりに草の巻きひげがぐるぐるとしっかり巻きついた黒い鉄の門が見えてきたところ、ジンギョンを狙っていないことが明らかな銃声が空中にかすかに散った。

指ほどの太さの鉄柱がびっしり埋め込まれた鉄の門だった。柱の上の方はくせ毛の毛先のように丸めた短い鉄筋で形作られており、その合間合間に長く尖った鉄の棘が立っている。越えてきてもかまわないとでも言いたげに門は低く粗末で、その向こうは静まり返っていた。監視カメラのようなものも見当たらない。もしや高圧電流が流れているのではないか。あたりをよく見て、折れた木の枝を投げてみたが、何も起きなかった。振り向くと、さっきとは違う男が何人もジンギョンの方へ走ってくる。逃げる先は一か所だけだ。ジンギョンは他にどうすることもできず、鉄の門を飛び越えた。銃弾が門に当たってはね返る音が聞こえた。

*

ジンギョンは気を失っていた。頭をぶつけたのでも電気ショックを受けたのでもなかった。確かに背中を丸めて右肩から安定的に着地したのだが、スイッチを入れたり切ったりするように意識に空白ができていた。バサバサなのにふかふかして湿っぽいものが背中に感じられた。

ジンギョンは、自分が飛び越えてきた低い鉄の門のすぐ横の落ち葉の山にまっすぐ寝ていた。最初からどこかへ捨てることは考えず、ずっと積み上げてきたのか、落ち葉からは木の腐る嫌な匂いと気持ちの悪い湿り気が立ち上ってきた。門の向こうではジンギョンを追ってきた男たちの後ろ姿が遠ざかりつつあった。速くも遅くもない足取りだ。どうしてもう追ってこないんだろう。どう見ても変なのだが、不思議と、そのまま受け入れざるをえない状況だった。

遠くの古い三階建てのビルが目に入ってきた。ジンギョンはジャケットの中に右手を入れて、ホルスターを手探りした。


壁面の半分以上を占める巨大なスイング式の窓が外壁に沿って並んでいた。それぞれ外向きに開いているが、風が吹くたび少しずつ閉まる窓もあり、少しずつ開く窓もあり、キーキーとうるさく音を立てるだけで開かない窓もあった。ぱーっと開いた窓がぶつかってカタカタいっていた。灰色の壁に沿って伸びたツタがそっと窓枠を越えて入り込んでいる。窓が開閉するうちに窓枠にたたかれて切れたつるもあったが、何本ものつるがからまって太い束になったものが、窓が閉まるのを阻止して内壁にまで伸びていた。これらの窓は開いているのではなく、閉まらなくなっているのだった。

誰もいなかった。風と乾いた葉と砂粒だけが、閉まらない窓を通って建物の内外を楽々と行き来していた。建物の周囲をゆっくり一回りする間にジンギョンは肩が少しずつほぐれ、ホルスターに載せていた右手の力が抜け、腕が自然にジャケットから外に出た。また出発点に立ったとき、天井の真ん中に下がったきれいなシャンデリアが目に入ってきた。

ゆらゆら揺れるクリスタルの間でぐちゃぐちゃにもつれている蜘蛛の巣。風が吹くと蜘蛛の巣は綿あめの機械から吹き出す砂糖の糸のようにひらひらなびいた。シャンデリアのガラス棒の先には花のつぼみの形の電球がついていたが、何個かは割れていた。壊れていないものも、電気がつきそうには見えない。しばらくしてジンギョンは、このシャンデリアが月のように白く冷たく光っていた場面を思い出した。テレビのニュースだ。大きな会議用の丸テーブルと七個の椅子とマイクと七個のコップと天井のシャンデリア。何百個ものガラス玉を通過した光が四方に広がっていた。シャンデリアは照明というよりインテリア目的なのでたいてい照度が低く、色味が温かいのが普通だが、そのシャンデリアはとても白く明るかったので、効率的ではないと思っていたのだ。

そこにあるのはシャンデリアだけだった。会議用テーブルもなく七個の椅子やマイク、コップもない。片すみに小さな木の椅子が一つ、その横には、どこにつながっているのか、ちゃんと作動するのかもわからない、ひどく汚れたガラス張りのエレベーター、正面には二階に上る階段。埃と落ち葉と紙切れが床を転がっている。ジンギョンは思わず、違うよねと小さくつぶやいていた。ここ、会議室じゃないよね。あのシャンデリアじゃないよね。もしかしたらここは総理館ではないのかもしれない。

建物の中をのぞき込んでいたジンギョンはふと、ドアがないという事実に気づいた。壁には窓が並んでいるだけで、出入りするところがないのだ。一階なのに出入り口がない。ここはいったいどこなのか。

ジンギョンがいちばん大きく開いた窓を越えた瞬間、ガラス張りのエレベーターが建物全体をわんわんと鳴り響かせて動きだした。奇妙な風景画のように止まっていた時間が、ジンギョンの登場とともに魔法が解けたように再び流れだした。夢かな。夢だろうか。ジンギョンは木の床を足でトントン踏み鳴らしてみた。がら空きなので、天井の高い建物に音がドンドン響く。音は耳に伝わり、振動は足に沿って全身に響く。夢ではない。ジンギョンはゆっくりと階段を上った。

二階は小さなホテルのロビーや待機室のような雰囲気だった。階段の前に大きな大理石のテーブル、そのまわりには革のソファーと「幸運の木」の植木鉢、合間合間に立ててある首の長いスタンドには電球が入っていなかった。ソファーは肘かけだけが木製で、他の部分は濃い黄土色の牛革でおおわれていた。ほとんど装飾のない、一目で高級品とわかるソファーは埃だらけだったが傷んではいない。むしろほとんど使われていないようで、革の光沢もクッションの量感も生きており、革のはがれも引っかき傷もなかった。ただし、野暮だった。文字通り古めかしいソファーだ。床に敷いてある丸いカーペットも、ソファーを照らしていただろう読書用のスタンドも、スツールの上に置かれた電話も、昔のものだった。

テーブルのところを通り過ぎると、高さのある大きめの発言台があり、その後ろには廊下が長く延び、その両側には何の表示も出ていない大きな木のドアが並び、端には三階に上る階段があった。そういえば一階には確かにあったエレベーターが見当たらない。

ジンギョンは廊下に並ぶたくさんのドアと、廊下の端の階段とロビーを代わる代わる見ながら、用心深く最初のドアに近づいていった。ノブはちっとも回らなかった。押しても引いてもびくともしない。ジンギョンは足を高く上げてドアを思いきり蹴った。ドアは開かず、ドアと壁が一緒に揺れた。つながっている。つまりこれは、開け閉めができてどこかにつながったドアではなく、ただの絵か飾りなのだ。他のドアも同じだった。

風が吹いていた。ロビーの裏に巨大な窓が二つ開いており、その向こうには背の高い木がのんびりと風に揺れていた。国会の庭園にこんなに鬱蒼とした森があり、こんなに古くて奇異な建物があるということが、その中に立っているジンギョンにも信じられなかった。ジンギョンは廊下の端の階段を通って三階に上っていった。


階段の先で、図体の大きな機関銃四台がジンギョンを待っていた。ジンギョンがゆっくり右手を広げると、持っていたリボルバーが重たげに落ち、ジンギョンの足の甲を突いた。ジンギョンは両手を広げて見せながらゆっくりと前に進んだ。四個の銃口はまだジンギョンの方へ向けられたまま、一定の距離を保ち、同じ速度で後ずさりした。

「止まれ」

覆面で顔を隠しているため声がよく聞こえなかったが、女だということははっきりわかった。もう一度見ると、右端の人は少し小柄だ。女が首を振って合図するとその横の二人がジンギョンに近づき、大きな手でジンギョンの体をかなり長い時間をかけてくまなく探った。一人の手つきがひどく不愉快だった。腰のあたりを探るその手をジンギョンがパッとはねのけると彼はびくっとし、ジンギョンがしたように両手を広げてみせて後ろへ下がった。残った一人が振り向いてうなずきながら何もなかったことを伝えると、他の二人も後ろを振り向いて道を開けてやった。

三階は異常なほど狭かった。建物の外から見たときも、上の階に行くほど小さくなるピラミッド形ではあったが、こんなに急激に狭くなっていくとは思っていなかった。天井には一階と全く同じシャンデリア、柱があった跡、空っぽの棚、くるくる巻いてすみで埃をかぶっているカーペットがあり、ガラス窓のいくつかは開いており、いくつかは割れていた。ホールの向かいにはビロードでおおわれていっそう重たげに見える大きなスイングドア一対があり、その隣に、二階には明らかになかったエレベーターが見えた。

エレベーターから到着を知らせる信号音が鳴った。中には、穏やかな顔をした老紳士がまっすぐ立っていた。エレベーターのドアが徐々に開き、男は微笑をたたえてジンギョンに向かって歩いてきた。平凡なワイシャツにグレーのズボン、黒光りする靴。男はまるでペンかタバコでも探すような平気な顔で、ジャケットの中に手を入れて小さく光る拳銃を取り出すと、銃口をジンギョンの額に当てて言った。

「何なんだ、君は?」

その声は低く太く、しかしはっきりしていた。白髪交じりの髪と目元の深いしわ、それに似合わない澄んだ瞳。年齢の見当がつかない人間だった。ジンギョンは答える代わりに尋ねた。

「トギョンは今どこ?　ウミはどうなった?」

男が首をかしげた。

「誰だって?」

本当に何も知らない表情だった。男はトギョンを知らず、ウミを知らず、ジンギョンを知らない。予想外の反応にジンギョンはうろたえた。

「あんた方が知らないなら、誰が知ってる？」

「あんた方だと？」

男が笑った。

「おお、自己紹介がまだだったね。私は総理館の総秘書だ。総理館を管理し、総理室の広報官の発表を作成し、それと、この手の面倒くさいことも処理している」

総秘書は、こんどはお前の番だというようにジンギョンと目を合わせ、深く一度うなずいた。余裕たっぷりの態度に圧倒されたが、ジンギョンは負けまいと銃口を額で押し返しながら叫んだ。

「あんたなんかに会うためにここまで来たんじゃない。総理たちはどこにいる？」

彼はこんども穏やかな顔で銃口をジンギョンの額に当てたまま、ボタンをはめたりファスナーを上げるように何気なく、安全装置をはずした。

「もしかして、夫が死んだとか息子を亡くしたとか、両親が病気になったとか、職場を失ったとかしたのかね？　それが総理の決定だと思ってる？　君みたいな人はたくさんいるよ。そういうのを「妄想」というけれども。ところでだ、誰なんだね君は？」

開いた窓から風が入ってきた。シャンデリアから垂れたガラスの飾りが揺れて互いにぶつかり、オルゴールのような澄んだ高音を出していた。汗でびっしょり濡れたブラウスを乾かしてくれる乾燥した風、風が作り出すメロディー、草の匂い、土の匂い。ここはあまりに平和だ。ジンギョンの中で、何かがうっとこみ上げてきた。

「ウミが死にかけてる。サハマンションはもう取り壊されるし。それにトギョンはいったいどこにいるの？」

ジンギョンはそう叫びながらつかみかかり、彼の襟首をつかんだ。ジンギョンが首を締め上げても、彼は引き金を引かなかった。ジンギョンを狙っていた四人が装備をがちゃつかせて急いで駆け寄ってくると、彼はむしろ左手でそれを制した。右手ではまだ拳銃を握り、ジンギョンの額につけたままだった。

「知りたい、ことが、あるらしいが、聞きたいなら、これを、離すべきでは？」

発射準備が整った銃を持ち、危険に瀕しても撃たずにいられる人間。首を締められて息が詰まっても、声がちゃんと出なくても、最後まで言うべきことは言う人間。ジンギョンは彼が少し怖くなり、手から力が抜けた。その瞬間、彼がジンギョンを押しのけてまた最初のまっすぐな姿勢に戻った。ネクタイをちょっとゆるめて空咳をすると、銃口を向けたままの四人に向かって言った。

「撤収。この人には私がちゃんと言い聞かせて、帰らせる」

彼らはまだジンギョンに狙いを定めながら後ずさりして階段を降りていった。男は銃を持った右腕を高く掲げ、銃床をジンギョンの額に思いきり振りおろすと同時に靴のかかとで押しのけるようにしてジンギョンのみぞおちを蹴った。造作もなく腹を押さえて倒れたジンギョンを見ながら、彼ははっきりと言った。

「このいかれた女が。首を絞めたりして、くたばりたいのか」

彼が顔を突きつけて尋ねた。

「ここまで来るのに苦労したわけじゃあるまい？　探すのも入るのも難しくはなかっただろう。無駄に何人にもけがをさせたことは聞いてる。知ってるだろうが、あの女は死んだよ」

女。最も負荷がかかっていた、やっと持ちこたえていた一角ががくんと崩れて、ジンギョンはどっと崩壊した。涙がこみ上げてきた。涙のむこうにゆらゆらする幻影の中で、女はウミになり、トギョンになり、ジンギョン自身になった。

彼はまだジンギョンの頭に狙いを定めたまま、一歩横に動くと大きなスイングドアをあごで指した。

「そこが会議室だ」

ドア全体をおおった濃い紫色のビロードには埃がたまって光沢が鈍っており、長い金属のノブが不似合いに光っていた。何度も手で触れたせいか、ノブの真ん中の部分は色あせている。ジンギョンは拳をぎゅっと握るだけで、足を踏み出せなかった。あのドアを開けるためにここまで来たのだ。なのに心はずっと躊躇している。ためらうジンギョンを見て彼が皮肉っぽく言った。

「サハマンションなら知っている。何が起きているかも聞いた。ウミ？　トギョン？　そんな連中は知らないがね。気になるなら行ってみろ。行ってあのドアを引っ張ってごらん」

人間に不幸をもたらすものすべてが封印された箱。好奇心ゆえにその箱を開けた女。箱から飛び出したのは欲望と憎悪、病気と死、ありとあらゆる災いだった。パンドラはあわてて箱を閉めてしまい、箱の中には「希望」が残ったという古い、よく聞く物語。ジンギョンは大きく息を吸った後、足を踏み出した。床から、木が割れるピシッという音がした。一歩、一歩、また一歩。緊張と恐怖で心臓が揺れる。目を閉じて長いノブを両手でつかんだ。金属のノブは冷たかった。ジンギョンはありったけの力を振り絞ってノブを引いた。


目の前に広がる虚空。

会議室はない。


ドアの外は建物の外壁だった。開いたドアの向こうには、総理館の裏庭の風景が爽やかに広がっていた。丈の高い木の葉が緑の流れをなして波のようにうねり、揺れる木の葉の間から日差しがちらちらと降り注いでくる。ジンギョンは目の前が断崖だという事実が信じがたく、危うく一歩踏み出すところだった。

「総理たちは?」

「いない」

「じゃあ、今どこに?」

「総理など最初からいなかった」

ジンギョンは彼に駆け寄り、首をつかんで叫んだ。

「嘘だ！　総理たちはどこ！」

「総理を見たことがあるか？　実際にでもテレビでも写真でも。声を聞いたことがあるか？」

手の力が抜け、ジンギョンは彼の襟を離した。彼は面倒くさそうに顔をしかめ、服を直した。

「サハマンションから人が来たのは久しぶりだな。最近はあそこも暮らしやすいのだろう」

「他に誰が来た？」

「去年の冬が最後だったね、たぶん。髪の短い、色黒の男。年はそちらさんと同年配だな」

想像がつかなかった。ジンギョンの年ごろのサハマンションの男たちのほとんどは髪が短くて色黒だから。当惑と混乱がありありと現れたジンギョンの赤らんだ顔を見ながら、彼が笑った。

「研究所から資料と標本とサンプルを盗んでここに攻め込んできた研究員が今、あそこで管理人をしてるんだってな？　研究所ではまだその資料を探しているよ」

じいさまだ。そうだったのか。じいさまの年老いた瞳、ジンギョンの腕をつかんでいた強い力、鷹揚なようでもあり何かを恐れているようでもある無愛想な喋り方が順に思い浮かんだ。口の中が渇き、じいさまがいれてくれたダージリンの甘さが思い浮かんだ。総秘書はゆったりとエレベーターの方へ歩きながら言った。

「帰ったらよろしくと」

「サハマンションに帰れというの？」

「総理たちに会いに来て、総理はいないことがわかって、次にまたこんなばかな真似をしたら君が気にかけている人間たちが無事でいられないこともわかっただろう。自分の場所に帰れ。帰って自分の役目を果たせ。みんながそうやってきたように」

彼はボタンを押して手招きをした。ジンギョンはぼんやりと歩き出した。ガラスのドアごしに黒いロープがゆっくり上ってくるのが見えた。ロープがインキュベーターのように透明な昇降機の車を引っ張り上げていた。ガラスのドアにジンギョンの姿が映ったが、正面の窓から降り注いでくる日差しのせいで輪郭が見えないほど顔が白く光っていた。ウミの顔が幻のように重なる。白いのを通り越して青白かった顔、全く血の気のない唇、半分くらい開けて白目だけが見える目。

あのインキュベーターを通過したら、私はどんな姿に生まれ変わるのだろう。エレベーターのドアが開いたがジンギョンは乗らず、振り向いて総秘書に尋ねた。

「みんなおとなしく帰っていったの？」

彼はうなずき、急に思い出したようにつけ加えた。

「ああ、すべて知った後で飛びかかってきた女が一人いたな。三十年も前のことだ。朝、いつも通りに出勤した息子がいなくなった、本当はここに来たんだろうと言って果物ナイフを振り回したんで、反射的にたたきのめしたんだが、その女が力をコントロールしそこなって、自分で自分の目の下を切ったんだ。病院から脱走したそうだが、もう歳をとって、死ぬ年齢になっているだろう」

ジンギョンの頭の中にある顔が思い浮かんだ。知りたいと思った。

「サハマンションの撤去を決定したのは誰？」

「さあ？　総理会議にかけるまでもない案件だからな。それ以前の段階で全部決定されている。広報官はただ発表しただけだ」

「じゃあ、あんたはいったい誰なの？」

「総秘書だ。総理館を管理して、総理室の広報官の発表を作成し、それと、この手の面倒なことを処理する。私には何の権限もない。ただ、とても大きな秘密を一つ知っているだけだ。言われてみれば誰もが知っている、そんな秘密をね」

ジンギョンは壁に手のひらを当ててもたれ、冷静に言った。

「その人、死んでない」

「何だと？」

「死んでないよ。三十年前に自分の顔を切ったという人。すごく歳をとったけど、手がずいぶん震えるけど生きてる。高級万年筆を使っていて、きれいなケースにタバコを入れてて、いつもきれいな色の口紅を塗ってる。その人もあんたを忘れてない」

ジンギョンは、何も聞かずに自分をここまで来させてくれた所長のことを考えた。ウミの住むサハマンションをめざしてやってきたじいさまのことを考えた。ウミとウヨンを育ててやった花ばあさんと、トギョンをかくまってくれたサラを思った。七芒星の旗に火をつけた公務員、紙船を折って貼ったという何十年も前の女性や、イアを売り飛ばしたんじゃないと言ったイアの母親のことを思い出した。最後に、トギョンを選んだスーのことを思った。

総秘書が記憶をたどろうとしてしばし集中力を失った瞬間、ジンギョンは彼に襲いかかった。ジンギョンは拳銃を握った彼の右手首をつかんで抱き込みながら倒れ、床に転がった。誰の意図ともわからぬまま、四発の弾丸が続いて発射された。一発はガラスを割り、一発は植木鉢を割り、残りの二発は壁に当たってどこかへ飛んでいった。そして拳銃が彼の手からすべり落ち、床でぐるぐる回転した。

ジンギョンは総秘書の肩に嚙みついた。肉がちぎれたのか、服がすばやく血に濡れた。総秘書が肩を押さえて転倒し、のたうち回っているとき、いつ転がってきたのかジンギョンの足元にリボルバーがあった。ジンギョンはリボルバーを拾い、彼に狙いを定めた。

「あんたの間違いだ。みんながもといた場所に帰ったわけじゃない。そして私はウミと、トギョンと、最後まで一緒に生きるんだ」


風が吹いていた。総理館を守るように立っている大きないちょうの木がひどく揺れた。まだ黄色く色づいてもいない緑のいちょうの葉がぱらぱらと落ちた。そして一羽の蝶が飛んできて、落ちた葉の上に羽を広げてとまった。鮮やかな黄色、いっぱいに広げた両方の羽の上に、瞳のように丸く渦巻く黒い模様。平べったく広がっていき、先に行くほどますます尖っていく触角の形のせいで、頭に小さな鳥の羽根が二本挿してあるように見えた。

著者あとがき

幼いころ、おばさんの家にとても大きな犬がいた。知らない人を見ると猛烈に吠えて駆け寄ってくる。ぴーんと張った鎖は庭を横切るには一歩分だけ短かった。だから、庭の端に沿って歩いていけば犬を避けることができた。それはわかっていたのに私は庭に入っていけず、門の外に立って泣いていた。大人になってからもときどき、あの鎖の絶妙な長さについて考えた。
私は今、切れそうに古かったあの鎖と、犬用のへこんだ食器と、どう猛な犬たちが守っていた町外れの道や、その道を一人で歩いていた女の子のことを考える。それだけ成長もしたし、そしてまた今もあのころにとどまっている。

書きはじめたのは二〇一二年の三月だった。書いては直しをくり返していた七年の間に多くのことが変わった。私も、私を取り巻いている近くの、また遠くの世の中も。書き上げられないのではと思ったけれども完成させることができ、泣かなかった。ともにこの作品を読み、ともに悩んでくれた編集者パク・ヘジンさんに感謝する。

二〇一九年春

チョ・ナムジュ

訳者あとがき

本書は、チョ・ナムジュ著『サハマンション』（二〇一九年、民音社）の全訳である。翻訳には初版二刷データを用いた。

『82年生まれ、キム・ジヨン』（拙訳、筑摩書房）で日本でもすっかり知られるようになったチョ・ナムジュ。続いて二〇一八年に刊行された『彼女の名前は』（小山内園子・すんみ訳、筑摩書房）は、「暮らしのなかで感じる不条理に声を上げ、勇敢に生きる女性たち」（同書訳者あとがきより）の体験を、取材に基づき二十八編の物語として描いたものだった。『サハマンション』はその翌年の一九年に出版されたが、実は書きはじめたのは『82年生まれ、キム・ジヨン』より早い一二年だったという。一二年といえば、放送作家だった著者が長編小説『耳をすませば』で文学トンネ小説賞に入賞して作家となってから間もないころであり、『サハマンション』はその後七年かけてじっくり熟成させた作品といえるだろう。

『サハマンション』の舞台は近未来、破綻した自治体を企業が買い取って作り上げた奇妙な都市国家「タウン」だ。固定化した格差社会の中で最底辺に属する人々が暮らす「サハマンション」の住民たちを描いているが、著者インタビューによると、サハマンションには二つのモデルがあるという。その一つは一九九三年に撤去された香港の九龍城。もう一つはロシア北東部、シベリアに位置するサハ共和国だ。最低気温マイナス七二・一度の記録を持ち、年間の気温差の激しいことで世界一の地域だが、同時にダイヤモンドなど稀少鉱物の埋蔵量でも世界有数で、この小説にふさわしい象徴性を備えているという考えからネーミングに用いたということである。

このように、あくまで想像上の都市国家が舞台ではあるが、人名などは韓国風だし、ジンギョンとトギョン姉弟は、二〇一八年以降に増加して大きな社会問題となってきた済州島のイエメン難民たちを思わせるし、保育士を目指すウンジンがかかった感染症は、一五年に大流行したMERS（中東呼吸器症候群）を想起させる。さらに、花ばあさんがタウンに逃げてくるきっかけを作った堕胎手術の一件は、韓国フェミニズムの大きな課題として議論されつづけてきた堕胎罪の廃止問題とつながりがあり、韓国の現実とゆるやかに地続きの小説といってよいだろう。

サハマンションの人々について文学評論家のシン・セッピョルは、「彼らは差別と排除を再生産するシステムに断固として対抗し、傷ついた訪問者には絶対的な歓待を提供する。それは抵抗とケアの共同体でもある」と述べ、詩人のキム・ヒョンは「入居者の面々は、彼らが罪人にならざるをえなかった不条理な現実を描き出し、我々の社会の弱者と少数者が向き合っている差別とヘイトの現実を振り返らせる」と語った。チョ・ナムジュ自身は、本書が刊行された際のインタビューで「敗北したように見えようが、何も変わっていないように見えようが、私たちは前に進んでいるし、歴史は進歩していると信じています。そのことを物語にこめたかったのです」と語っており、少数者が助け合って生きる姿を書きたかったという意志をはっきり表明している（韓国の『毎日経済新聞』）。物語の終盤近く、「じいさま」と「職業紹介所の所長」という二人の高齢者が、困難な中でも次世代の人々を支えつづけてきたことがわかってくる。そして物語のラストでジンギョンが宣言するように、サハたちの潜在的な力は決して屈することなく、困難の中でもじりじりと生き延びていくことが示唆される。

なお、文中の年齢は原書ではすべて数え年だが、翻訳では満年齢で表記している。

『サハマンション』の次にチョ・ナムジュが手がけた本は『ミカンの味』（矢島暁子訳、朝日新聞出版）というYA小説で、四人の女子中学生を主人公としている。こうして見ると、著者が実に多様なスタイルで挑戦を続けていることがわかっていただけると思う。また、『82年生まれ、キム・ジヨン』以後に書かれた短編を集めた作品集も、『サハマンション』と同じ民音社から近く刊行の運びとなる予定である（日本でも二〇二二年に小山内園子・すんみ訳で筑摩書房より刊行予定）。

編集を担当してくださった筑摩書房の井口かおりさん、翻訳チェックをしてくださった伊東順子さん、岸川秀実さんに御礼申し上げる。

二〇二一年三月二十六日

斎藤真理子

プロフィール

著者　**チョ・ナムジュ**

１９７８年ソウル生まれ、梨花女子大学社会学科を卒業。放送作家を経て、長編小説「耳をすませば」で文学トンネ小説賞に入賞して文壇デビュー。２０１６年『コマネチのために』でファンサンボル青年文学賞受賞。『82年生まれ、キム・ジヨン』（民音社）で第41回今日の作家賞を受賞（２０１７年８月）。大ベストセラーとなる。２０１８年『彼女の名前は』（タサンチェッパン）、２０１９年『サハマンション』（民音社）、２０２０年『ミカンの味』（文学トンネ）、２０２１年『오기——チョ・ナムジュ新作短編集』（民音社）刊行。

日本語版↓『82年生まれ、キム・ジヨン』（斎藤真理子訳、２０１８年筑摩書房）、『彼女の名前は』（小山内園子、すんみ訳、２０２０年筑摩書房）。『ミカンの味』（矢島暁子訳、２０２１年朝日新聞出版）刊行。『오기——チョ・ナムジュ新作短編集』は小山内園子、すんみ訳で２０２２年筑摩書房刊行予定。

斎藤真理子（さいとう・まりこ）

翻訳家。『カステラ』（パク・ミンギュ、共訳、クレイン）で第一回日本翻訳大賞を受賞。『ヒョンナムオッパへ』（チョ・ナムジュほか、白水社）で第十八回韓国文学翻訳賞文化体育観光部長官賞受賞。訳書に、チョ・ナムジュ『82年生まれ、キム・ジヨン』（筑摩書房）、『こびとが打ち上げた小さなボール』（河出書房新社）、パク・ミンギュ『ピンポン』（白水社）、『ダブル　サイドA』『ダブル　サイドB』（筑摩書房）、ファン・ジョンウン『ディディの傘』（亜紀書房）など多数。

サハマンション

二〇二一年六月二十五日　初版第一刷発行

著者　チョ・ナムジュ
訳者　斎藤真理子（さいとうまりこ）
発行者　喜入冬子
発行所　株式会社筑摩書房
東京都台東区蔵前二―五―三　〒一一一―八七五五
電話番号　〇三―五六八七―二六〇一（代表）
印刷　中央精版印刷株式会社
製本　中央精版印刷株式会社

ISBN978-4-480-83217-7 C0097

◉筑摩書房の本◉

82年生まれ、キム・ジヨン

チョ・ナムジュ
斎藤真理子訳

韓国で百三十万部突破！　ＢＴＳのＲＭが言及するなど大反響を引き起こした話題作。女性が人生で出会う差別を描く。
解説＝伊東順子　帯文＝松田青子

◉筑摩書房の本◉

彼女の名前は

チョ・ナムジュ
小山内園子／すんみ訳

韓国で130万部、映画化された『82年生まれ、キム・ジヨン』著者の次作短篇集。「次の人」のために立ち上がる女性たち。
解説＝成川彩　帯文＝伊藤詩織、王谷晶

◉筑摩書房の本◉

〈ちくま新書〉

韓国　現地からの報告

セウォル号事件から文在寅政権まで

伊東順子

セウォル号事件、日韓関係の悪化、文在寅政権下の分断……二〇一四〜二〇年のはじめまで、何が起こり、人びとは何を考えていたのか？　現地からの貴重なレポート。